Christian Schacherreiter
Geboren 1954. Autor, promovierter Germanist, Literaturkritiker (»OÖ Nachrichten«), Mitglied des Adalbert-Stifter-Instituts und Direktor des Georg von Peuerbach-Gymnasiums in Linz.
Zahlreiche Veröffentlichungen zur Literatur und Sprache und deren Didaktik.

Christian Schacherreiter

Der Wappler

oder

Das österreichische Deutsch in Anekdoten

UEBERREUTER

ISBN 3-8000-7173-8
ISBN 978-3-8000-7173-9

Covergestaltung: Christian Thomas / Concept 8

Druck: Druckerei Theiss GmbH, A-9431 St. Stefan
1 3 5 7 6 4 2

Ueberreuter im Internet: www.ueberreuter.at

Inhalt

Einleitung

»Schreiben Sie für uns einen Gastkommentar zur Rechtschreibreform?«, fragte mich Hans Köppl, der mittlerweile pensionierte Chefredakteur der »Oberösterreichischen Nachrichten«. »Ja, gerne«, sagte ich, »aber ich finde es schade, dass in den Medien immer nur über diese unsägliche Rechtschreibreform berichtet wird. Es gäbe Wichtigeres und Spannenderes zum Thema Sprache.« – »Aha, erzählen Sie«, sagte Köppl.
Das war der Beginn einer wunderbaren Zusammenarbeit. Vier Jahre lang schrieb ich für die Wochenendbeilage der OÖN meine Kolumne »Die Sprache, die wir sprechen« und räsonierte darin über unseren täglichen Sprachgebrauch, über Dialekt und Fernsehsprache, Modewörter und Syntaxnormen, Schimpfwörter und Vornamen, Handy-Gebrauch, Grußformeln, Aufmacher und, und, und.
Schon bald fand »Die Sprache, die wir sprechen« ihre Stammleser. Es entstand ein reger Gedankenaustausch. Für die Hinweise, Anregungen, Ergänzungen und Korrekturen meiner Leserschaft bin ich bis heute dankbar. Wahrscheinlich habe ich selbst in diesen vier Jahren am meisten über Sprache gelernt.

Christian Schacherreiter

Grüß Gott!

Einem Leser verdanke ich die Anregung, mich in meiner Kolumne mit Herkunft und Bedeutung der Grußformel »Grüß Gott« zu beschäftigen. Er findet nämlich diese Formel einigermaßen seltsam. Mit diesem Eindruck dürfte er nicht allein sein. Unsere norddeutschen Sprachbrüder und Sprachschwestern antworten auf das bairisch-österreichische »Grüß Gott« bisweilen mit einem spöttischen »Gern, wenn ich ihn treffe!«. Ich gönne ihnen diese Überlegenheitspose, muss sie allerdings darauf hinweisen, dass sie die Formel »Grüß Gott« falsch verstehen. »Grüß« ist nämlich hier kein Imperativ (Befehlsform), sondern ein Optativ, der einen Wunsch ausdrückt. Der Sinn von »Grüß Gott« wird uns klar, wenn wir die Formel in voller Länge aussprechen: »Grüß Sie Gott«. Vielen Menschen wird freilich auch dies befremdlich erscheinen. »Gott möge Sie grüßen!« – Was soll das heißen?

Wir kommen der Sache näher, wenn wir uns die Herkunft und die Bedeutungsvarianten des Verbums »grüßen« bewusst machen. Der Ursprung von »grüßen« ist im westgermanischen Wort »grotjan« zu finden. Es bedeutete »zum Reden bringen«. In der althochdeutschen Sprache (Frühmittelalter) lebte das Wort in der Lautform »gruozan« weiter, in der mittelhochdeutschen Sprache (Hochmittelalter) in der Lautform »grüezen«. Im Mittelalter existierten bereits mehrere Bedeutungsvarianten. »Grüezen« bedeutet einerseits »grüßen«, »anreden«, »ansprechen«, aber es konnte auch ein An-

sprechen in feindseliger Form bezeichnen, also »herausfordern«, »angreifen«.
Was hat dies nun mit dem lieben Gott zu tun? Die Art und Weise, in der uns der liebe Gott grüßen soll (»Grüß Sie Gott« bzw. »Grüß Gott«), ist natürlich nicht eine Herausforderung zum Kampf, sondern jene gnadenreiche Zuwendung, für die wir das Wort »segnen« verwenden. »Grüß Gott« bedeutet also »Gott segne Sie«. Der Wortsinn von »grüßen« ist in diesem Verwendungszusammenhang dem lateinischen »benedicere« ähnlich. Unsinnig ist folglich die Grußformel »Grüß Gott« keineswegs, aber sie ist an die christliche Glaubenswelt gebunden, in der eine gütige Gottheit segnend auf das Leben der Menschen einwirken kann (»Der Herr segne eure Wege«).
Dass die Formel »Grüß Gott« fast nur im bairisch-österreichischen Sprachraum üblich geworden ist, legt die Vermutung nahe, dass sie ein Kind der katholischen Gegenreformation (16. und 17. Jahrhundert) ist. In mehrheitlich protestantischen Gebieten hat sie sich nicht durchgesetzt.
Die Frage, ob es in einer multikulturellen Gesellschaft wie unserer nicht angemessen wäre, das konfessionell gebundene »Grüß Gott« durch das neutrale »Guten Tag« zu ersetzen, kann so oder anders beantwortet werden. Ich denke, in einer Zeit, in der es ohnedies bereits viele Grußformeln nebeneinander gibt, sollte als eine Grußvariante auch unser gutes altes »Grüß Gott« erhalten bleiben. Jemandem Gottes Segen zu wünschen ist ja nichts Verwerfliches, egal, ob der oder die auf diese Weise Begrüßte daran glaubt oder nicht. In diesem

Sinn: Auf Wiedersehen! – Tschüss! – Ciao! – Oder gar »baba«? – Als katholisch sozialisierter Innviertler bleibe ich bei »Pfüat Gott« (= Behüte Sie Gott!).

Wie geht's?

Sie erscheint uns geläufig, bekannt, vertraut, erweist sich aber bei genauerer Betrachtung doch als sprachliche Merkwürdigkeit: die Formel »Wie geht's?«, in dieser Formulierung eine Abkürzung für »Wie geht es dir?« bzw. »Wie geht es Ihnen?« bzw. »Wie geht es euch?« Unbestimmt bleibt, wofür hier das Personalpronomen »es« steht. Für die Gesundheit? Für die Liebe? Die Einkommensverhältnisse? Oder gleich für das ganze Leben? Und wenn »es« das ganze Leben vertritt, wie sollte man dann diese Frage in wenigen Sätzen beantworten?

Was immer es ist, das uns da »geht«: Interessant ist, dass es meistens »geht«, nur selten »läuft« oder »steht« und gar nie »liegt«, »schwimmt« oder »fliegt«. »Wie fliegt es dir?« oder »Wie schwimmt es Ihnen?«, sagt niemand, und »Wie steht's?« hört man entweder in der kombinierten, burschikosen Variante »Wie geht's, wie steht's?« oder in jener Abwandlung, die unter Männern manchmal verwendet wird und auf ein hoch entwickeltes geschlechtsspezifisches Einfühlungsvermögen schließen lässt: »Wie geht's? Wie steht er?«

Weiters ist merkwürdig, dass kaum jemand, der »Wie geht's?« sagt, eine einigermaßen erschöpfende und ernsthafte Antwort erwartet. Daher antwortet der mit »Wie geht's?« Begrüßte oft auch ziemlich lapidar mit »Danke, und dir?« – »Ja, mir auch.« – »Gut. Und sonst?« – »Na ja, weißt eh.« Apropos »weißt eh«! Gelegentlich begegnen wir Zeitgenossen, denen es widerstrebt, »Wie geht's?« als bloße Grußformel hinzunehmen. Sie überraschen uns mit unerwarteten Antworten. Ein Musiker, mit dem ich vor Jahren befreundet war, reagierte auf »Wie geht's?« meist mit der Aussage: »No ja, waaßt eh ...«. An sich wusste ich es nicht, denn sonst hätte ich ja nicht gefragt, aber ich konnte mir aufgrund unserer guten Bekanntschaft natürlich einiges vorstellen: Lust und Frust der Musik, Frust und Lust der Liebe, Lust des guten Essens und Trinkens, Frust des verkaterten Erwachens. »No ja, waaßt eh ...«

Dumm sein und Arbeit haben, sagte Gottfried Benn, das sei Glück. Denn wer in dieser unvollkommenen Welt zu denken beginne, dem könne es gar nicht gut gehen. Ausgehend von dieser Einsicht des nihilistischen Benn entwickelte ein Bekannter seine individuelle Antwort auf die Grußformel »Wie geht's?«. Er zog die Schultern nach oben, die Mundwinkel nach unten und seufzte: »Schlecht, wie sich's für einen Intellektuellen gehört.«

Ein aus Deutschland stammender Mann meinte, bei uns Österreichern eine lustvolle Hingabe an das Leiden, das Jammern und das mentalitätsgemäße Granteln zu erkennen. Meistens fühlten sich die Österreicher, die er kenne, schlecht, und wenn es einem einmal doch gut gehe, dann antworte er auf die Frage »Wie geht's?« mit traurigem Blick: »Ich kann nicht klagen.« In eine ähnliche Richtung weist eine weitere ungewöhnliche Antwort auf die Frage bzw. Anti-Frage »Wie geht's?«:

»Na, schlecht natürlich, aber das wenigstens auf hohem Niveau.«

Wien spricht anders

Man hatte mich zu einer Besprechung in das Unterrichtsministerium eingeladen. Also fuhr ich nach Wien, spazierte vom Westbahnhof zum Minoritenplatz, zeigte dort dem Portier meine Einladung und fragte ihn, wo denn der Besprechungsraum zu finden sei. Der Portier warf einen sachkundigen Blick auf das Schriftstück, schüttelte den Kopf und sagte: »Das muss ein Irrtum sein. Der Raum wird umgebaut.« Mittlerweile waren zwei weitere Sitzungsteilnehmer eingelangt und hielten dem Portier dieselbe Einladung vor die Nase.
Hätte sich diese Episode im Landesschulrat für Oberösterreich ereignet, hätte der geradlinige Mühlviertler in der Portiersloge wortlos zum Telefonhörer gegriffen, um die Sache zu klären. Aber Wien ist bekanntlich anders. Der Mann vom Minoritenplatz nahm Haltung an und kommentierte sein Tun mit den Worten: »Na, da werden wir jetzt ein bisserl telefonieren müssen.«
Solch ein markanter Sprechakt ist für uns Sprachkundler ein wahres Glück, sozusagen ein seltener Fund, der eine genauere Untersuchung geradezu provoziert. Zunächst einmal ist festzuhalten, dass der Wiener Portier das Personalpronomen »wir« verwendet. In diesem Fall müsste man es wohl groß schreiben, denn der Mann meint ja nicht, dass wir, die Wartenden vor der Portiersloge, gemeinsam mit ihm ein chorisches Telefonat

führen sollen. Dies wäre nämlich ein »Pluralis modestiae«, ein Plural der Bescheidenheit. Vielmehr dürfte der Wiener Portier die Mehrzahl als »Pluralis majestatis« verwenden, also in der Weise, in der dies Könige und Päpste tun. Dieses »Wir« erinnert uns daran, dass auch im Telefonat eines ministeriellen Portiers der Wille des Herrn Bundespräsidenten, ja des ganzen Staates seinen respektablen Ausdruck findet.

Die Verkleinerungsformel »ein bisserl« wirkt zunächst einmal irritierend. Wird der Portier vielleicht nur die Hälfte der Telefonnummer wählen? Nein, ich vermute, dass der Mann Gewerkschaftsmitglied ist und darauf hinweist, dass er das Telefonat auf die knappe Zeitspanne beschränken wird, die sein Dienstvertrag als zumutbare Arbeitsbelastung vorsieht. Apropos Arbeitsbelastung. Ich werde telefonieren *»müssen«*, sagt der Portier. Er setzt also ein Modalverb ein, das auf den Pflicht- oder Zwangscharakter seiner Aktivität verweist.

Zusammenfassend können wir festhalten: Allein durch den Satz »Da werden wir jetzt ein bisserl telefonieren müssen« gibt uns der Portier des Unterrichtsministeriums eine anschauliche Charakterskizze jenes Wiener Beamtentums, das, gewerkschaftlich organisiert und gleichzeitig einem josephinischen Pflichtethos treu, ganz nahe am Herzschlag der Staatsmacht wohnt und daraus seinen Berufsstolz bezieht.

Schöne Grüße an Heinz!

Die Sittenlehre war zu allen Zeiten auch eine Sprachordnung. Wer wo was zu wem auf welche Weise sagen darf, kann oder soll – dieser Frage mussten sich die Erzieher und die Erzogenen zu allen Zeiten stellen. Das Reglement der Kommunikation hängt natürlich zu einem erheblichen Teil von den jeweiligen Gesellschaftsverhältnissen ab, aber nicht nur. Auch die natürlichen und technischen Kommunikationsmittel beeinflussen Sprachordnungen ganz erheblich. Das Schreiben von Briefen ist (oder war) etwas anderes als das Schreiben eines E-Mails. Winnetous Rauchzeichen an seinen Blutsbruder Old Shatterhand folgen anderen Gesetzmäßigkeiten als die telefonischen Botschaften, die Freunde der Gegenwart einander zukommen lassen.

Zu einer Revolutionierung der Gesprächsordnung hat in unseren Tagen das Handy geführt. Ich erinnere mich noch gut an die seltsamen Zeiten, in denen die zivilisierte Menschheit zwischen privatem, halböffentlichem und öffentlichem Gespräch zu unterscheiden wusste. Von diesem Differenzierungszwang werden wir heute nicht mehr gequält.

Kürzlich fuhr ich per Bahn von Salzburg nach Linz und zog mich zu einem Glas Wein und einem guten Buch in den Speisewagen zurück. Eine Dame am anderen Ende des Wagens griff beherzt zu ihrem Handy, stellte sich laut und deutlich als Hildegard vor, begrüßte eine gewisse Johanna am anderen Apparat und erzählte dieser in drastischer Bildlichkeit von den Umständen ihrer Abreise aus Salzburg. Nun stellen Sie sich vor, liebe Leser,

Hildegard hätte doch beinahe den Zug versäumt, aber der Heinz, der Tausendsassa, ist so pfeilschnell mit seinem Opel durch die Salzburger Straßenschluchten gerast, dass Hildegard den Zug doch noch erwischt hat. Der ganze Speisewagen atmet erleichtert auf.
Weiters erfahren wir, dass Hildegard drei wunderbare Tage in Salzburg hinter sich hat und dass dies ausschließlich Johanna und Heinz zu verdanken ist! »Sehen Sie, es gibt noch gute Menschen«, sage ich zu meinem Tischgefährten, »Heinz und Johanna.« Dann hören wir noch einige Details über Kinder und Enkel und – ach ja, Onkel Karl muss demnächst ins Krankenhaus. Es ist – richtig, die Prostata. Das tut uns allen herzlich leid.
Weniger Leid tut uns, dass sich Hildegard nach etwa zehn Minuten von Johanna verabschiedet. »Schöne Grüße an Heinz«, sagt sie noch, und ich, gewissermaßen zur Anteilnahme verurteilt, rufe Hildegard zu: »Von uns allen schöne Grüße an Heinz!« Der Speisewagen lacht freundlich, Hildegard lacht mit. Wir sind in wenigen Minuten eine richtige Familie geworden. Und wem verdanken wir's? Genau, der Erfindung des Handy. Da soll noch einmal jemand behaupten, die moderne Technologie sei nicht gemeinschaftsfördernd.

Eigentlich – ein österreichisches Wort?

In der gesprochenen deutschen Sprache wimmelt es von so genannten Modalpartikeln. Modalpartikeln sind unscheinbare, nicht deklinierbare Wörtlein (z. B. eben, doch, ja, halt, etwa, auch, doch u. a.), die trotz ihres häufigen Auftretens erstaunlich wenig Beachtung finden. Die Folge davon ist, dass sie oft in Sprechzusammenhängen verwendet werden, in denen sie eigentlich nichts zu suchen haben. – Haben Sie etwas bemerkt? Nein? – »Eigentlich« hab ich geschrieben! »Eigentlich« – dieser Modalpartikel will ich die nächsten Zeilen widmen. So verzichtbar das Wort »eigentlich« ist, so oft wird es verwendet.

Ich wage zu behaupten, dass es sich insbesondere in Österreich breiter Beliebtheit erfreut. Die Modalpartikel »eigentlich« lässt nämlich immer ein Hintertürchen offen. Machen wir uns einmal die Bedeutung folgender Sätze bewusst: »Eigentlich ist Isolde verheiratet und nicht für solche Abenteuer zu haben.« Oder: »Eigentlich sehen wir keinen Grund, unseren politischen Kurs zu ändern.« Sobald das Wörtchen »eigentlich« eine Aussage begleitet, können wir beruhigt davon ausgehen, dass genau das Gegenteil von dem eintreten wird, was hier als Tatsache benannt wird.

»Eigentlich« erscheint in diesen Verwendungszusammenhängen als Synonym für »grundsätzlich« oder »prinzipiell«. Prinzipien sind aber etwas sehr Restriktives, Normatives und Einengendes; und weil wir Österreicher immer so stolz auf unsere »menschliche« Seite sind, die allemal die schlampige, schwache, hinfällige und anfechtbare ist (*diesen* Katholizismus leben wir immer noch mit Hingabe), deshalb gehört das Wörtchen »eigentlich« zu unseren Lieblingswörtern. Wir wissen zwar, wie die Welt prinzipiell aussehen müsste, aber das Ideal und das Leben, das sind eben zwei Paar Schuhe! Na, und bevor wir zu humorlosen, trockenen, kalten preußischen Prinzipienrittern werden, weisen wir darauf hin, dass es trotz aller Prinzipien dort und da schon noch ein Hintertürl gibt, das wir aufmachen könnten. Wie unwissend doch die deutsche Sprachwissenschaft ist. Wie schlecht sie ihre Ösis kennt. Die Modalpartikel »eigentlich« – so lese ich in deutschen Grammatiken – kommt in Fragen vor, die drängend, auffordernd und rügend sind (z. B. »Was fällt dir eigentlich ein?«), oder sie signalisiert einen Themenwechsel (»Hab ich euch eigentlich schon erzählt, dass ...«). Gewiss, meine lieben deutschen Schwestern und Brüder, diese harmlos vordergründige Bedeutungsvariante gibt es hierzulande schon auch, aber sie spielt eine untergeordnete Rolle. Bei uns heißt »eigentlich« meistens »grundsätzlich«, und »grundsätzlich« heißt bei uns: »spielt für die alltägliche Lebenspraxis nur eine nebensächliche Rolle«.

Wohlerwürdige Frau Äbtissin!

Mit dem Thema Sprachnormen kann man ganze Bücher füllen. Besonders interessant (und oft auch belästigend) sind die ungeschriebenen Sprachnormen. Sie haben viel mit sozialen Regeln und kulturellen Standards zu tun. Wie man das Wort »Eminenz« schreibt, ist in jedem besseren Lexikon nachlesbar. Wie wir hingegen eine »Eminenz« ansprechen müssen, wenn wir ihr einen Brief schreiben, dafür gibt es zwar keine *verbindliche* Norm, die von einer Schreibkommission erdacht und von einer Kultusministerkonferenz abgesegnet worden ist.

Aber wir haben – nicht zu Unrecht – das Gefühl, dass es zumindest eine Gepflogenheit geben muss und dass die Abweichung von dieser Gepflogenheit wahrscheinlich als Stilbruch empfunden würde. Meinen Erkundungen zufolge sind für einen Kardinal im Brief zwei Anredeformen möglich: »Euer Eminenz« oder (etwas salopp) »Sehr geehrter Herr Kardinal«. Wahrscheinlich erscheint Ihnen mein Hinweis nicht sonderlich nutzbringend, weil sich Ihr Briefverkehr mit Kardinälen auf ein Minimum beschränkt. Dennoch finde ich interessant, dass die kirchliche Hierarchie mittlerweile fast das einzige soziale Feld ist, in dem die »Anrede« mit einer gewissen Raffinesse differenziert wird.

In weltlichen Verhältnissen ist in unseren demokratisierten Zeiten die briefliche Anrede ziemlich uniform geworden. Ob wir nun unserer Chefin, unserer Vermieterin, dem Bundespräsidenten oder dem ehemaligen Klassenvorstand zum Geburtstag gratulieren, wir schreiben immer nur »Sehr geehrte Frau Direktor!«, »Sehr geehrter Herr Bundespräsident!«, »Sehr geehrte Frau Schwingenschlögl!« Selbst in Adelskreisen, so entnehme ich einschlägigen Ratgebern, hat sich eine gewisse Nivellierung durchgesetzt: »Sehr geehrte Baronin N.«, »Sehr geehrter Graf O.«. Gerade die Fürstin oder der Herzog darf noch »Euer Hoheit« für sich in Anspruch nehmen.

So tief ist die katholische Kirche nicht gesunken. Es lebe der kleine geistliche Unterschied. Natürlich wird ein schlichter Kaplan nur mit »Sehr geehrter Herr Kaplan« angeschrieben, ebenso der Pfarrer. Der Bischof hingegen ist mit »Euer hochwürdigste Exzellenz« zu erfreuen, der Kardinal – wie oben schon gesagt – mit »Euer Eminenz«. Der katholischen Schwester gebührt als Anrede die Formel »Ehrwürdige Schwester«, dem Abt »Euer Gnaden«, und die Mutter Äbtissin beglücken wir mit einem herzerfrischenden »Wohlerwürdige Frau Äbtissin!«. Ausgerüstet mit diesem Grußformelpaket kommen Sie unangefochten durch das Kirchenjahr.

Des Genitivs Eleganz

Wir leben in einer Zeit, in der die Modernisierungsfreude zur ersten Bürgerpflicht erklärt wird. In solchen Zeiten – sie kehren in regelmäßigen Intervallen wieder – neigt die auf den »Fortschritt« verpflichtete Menschheit dazu, traditionelle Einrichtungen vorsätzlich zu zerstören oder zumindest achtlos aufzugeben. Zu den bedrohten Arten der Sprachtradition gehört heute der Genitiv, auch Wesfall oder 2. Fall genannt. Immer öfter liest oder hört man heute nach Präpositionen, die eigentlich den Genitiv verlangen, den weniger eleganten Dativ. Erna findet nicht mehr »trotz ihrer Bemühungen« keine passende Bluse, sondern »trotz ihren Bemühungen«, und Fredi lässt sich nicht »wegen seines Haarausfalls«, sondern »wegen seinem Haarausfall« beraten. Ähnlich ergeht es meinen Beobachtungen zufolge den Präpositionen *außerhalb, mangels, statt, während.*
Im österreichischen Sprachraum hat man außerdem eine schwer erklärbare Abneigung gegen das exakt gebildete Genitivattribut. Statt »die Pfeife meines Vaters« sagen wir lieber »meinem Vater seine Pfeife« oder »die

Pfeife von meinem Vater«. Obwohl ich nur äußerst ungern den norddeutschen Sprachgebrauch für uns zur verbindlichen Norm erklären lasse, würde ich mir in diesem Fall die Preußen doch zum Vorbild nehmen. Das exakt gebildete Genitivattribut ist nicht nur klanglich schön, es ist auch ziemlich variantenreich.

Man mache sich einmal die wesentlichsten Bedeutungsnuancen des attributiv eingesetzten Genitivs bewusst. Als »Genitivus partitivus« bezeichnet er eine Teilmenge (»die Hälfte meines Lebens«), als »Genitivus possessivus« ein Besitz- oder Zugehörigkeitsverhältnis (»das Auto des Nachbarn«, »die Tiere der Wildnis«). Der »Genitivus Qualitatis« verweist auf eine Eigenschaft oder Beschaffenheit (»ein Herr mittleren Alters«). »Genitivus subiectivus« und »Genitivus obiectivus« nennen das Subjekt bzw. das Objekt des Satzes (»die Entscheidung des Ministers«, »die Beobachtung der Gestirne«). Zugegeben, manche Genitivbildung wirkt schon ein wenig schrullig (»ein Glas edlen Weines trinken«) und muss nicht mit aller Gewalt erhalten werden. Allerdings bin ich davon überzeugt, dass eine Frau (auch eine junge) nach wie vor lieber hört, sie sei »ein Wesen höchster Schönheit« (Genitivus Qualitatis) als sie habe einen »super body«. Überhaupt bewährt sich in Herzensangelegenheiten die angeblich antiquierte Rhetorik der Vorfahren besser als das »coole« Medienvokabular aus dem Internet. Was der gedankenlose Zeitgeist allzu rasch zum verstaubten Sprachgerümpel erklärt, erweist sich bei genauerer Betrachtung eben oft als überaus kostbare Antiquität. Der exakt gebildete Genitiv ist ganz gewiss eine solche.

Die neue Schreiblust

Ein Computerexperte fragte mich, ob meiner Ansicht nach das (oder die) E-Mail für die Schreibkultur ungünstige Folgen bringe. Meine Antwort lautet: Nein, das (oder die) E-Mail schädigt die Schriftkultur nicht. Im Gegenteil. Ich behaupte, dass das Schreiben von Briefen, das seit der Erfindung des Telefons nach und nach seine ehemals überragende kommunikative Bedeutung eingebüßt hat, durch die Erfindung des Mail-Verkehrs eine erfreuliche Renaissance erlebt.

Kulturpessimisten halten mir bisweilen entgegen, dass die Mails schlampig geschrieben werden, dass sie häufiger von den Sprach- und Schreibnormen abweichen als die traditionellen Briefe. Das ist schon richtig. Gerade in der Anrede herrscht ein etwas freierer Ton. Das »Hallo« wird zum Beispiel als Grußformel öfter verwendet als im Brief. Auch der Satzbau entspricht manchmal eher dem mündlichen Sprachgebrauch als dem schriftlichen. Aber machen wir uns nichts vor. Auch die Briefschreiber der guten alten Zeit waren ja nicht durchwegs Großmeister der deutschen Syntax. Und selbst wenn sie es waren, haben sie nicht in jeder Situation davon Gebrauch gemacht. Goethe schrieb zum Beispiel in den Jahren, als er die Frau von Stein so selbstquälerisch liebte, fast täglich kleine Zettelbotschaften an die spröde Dame, also spontane »Mails« mit durchaus eigenwilligem Satzbau. Bloß war eben nicht das Internet, sondern ein Weimarer Laufbursche der »Übertragungskanal«. Heute wäre Goethe in Sachen Charlotte von Stein vermutlich fanatischer SMS-User.

Bemerkenswert ist, dass sich im E-Mail-Verkehr die Kleinschreibung durchsetzt. (Auch ich gönne mir den kleinen orthografischen Luxus). Es ist durchaus möglich, dass in diesem Medium die Kleinschreibung zur Gewohnheit wird. Und weiters ist es möglich, dass uns deshalb in etlichen Jahren eine weitere Rechtschreibreform ins Haus steht, die auch im deutschsprachigen Raum jenen Schritt zur Kleinschreibung machen wird, den die gesamte übrige Schreibwelt längst gesetzt hat. Ich hielte dies – die leidenschaftlichen Anhänger der Großschreibung mögen mir verzeihen – für einen Fortschritt. Die Qualität von Sprache und Schrift zeigt sich auf vielen Ebenen, und manches, was leichtfertig der zeitgeistigen Schlamperei geopfert wird, ist erhaltenswert. Aber die Groß- und Kleinschreibung ist eine Kuriosität, die wir abschaffen könnten, ohne dass Sprache und Schrift geschädigt würden.

Susanne lächelte, stolperte der Journalist

In einer österreichischen Tageszeitung – nein, nicht in der »Krone«, sondern in einer so genannten Qualitätszeitung – porträtierte ein Journalist Susanne Brandsteidl, die Präsidentin des Wiener Stadtschulrats. Man fragte Frau Brandsteidl, ob sie die Wege ihres Vorgängers Kurt Scholz fortsetzen werde, und ihre Antwort wurde im Zeitungsbericht folgendermaßen dokumentiert: *»Frauen gehen oft andere Wege zum selben Ziel«, lächelt die Mutter eines fünfjährigen Sohnes.*
Das ist, halten zu Gnaden, eine schlechte Formulierung.

Der Journalist meint natürlich, dass Frau Brandsteidl *gesagt* hat: »Frauen gehen oft andere Wege«, und dass sie während des Redens *gelächelt* hat. Seine Formulierung hat aber, beim Wort genommen, eine andere Bedeutung; nämlich diese: Susanne Brandsteidl lächelte, und die Art ihres Lächelns war derart aussagekräftig, dass die Anwesenden, ohne dass Brandsteidl ein Wort gesprochen hat, sofort verstanden haben: Aha, ihr Lächeln sagt uns, dass sie auf anderen Wegen als ihr Vorgänger Kurt Scholz zum selben Ziel gehen wird.
Nun, ich kenne die neue Wiener Stadtschulratspräsidentin nicht persönlich und weiß daher auch nicht, wie ausdrucksstark, aussagekräftig und variantenreich sie lächeln kann, aber ich bezweifle grundsätzlich, dass jemand eine dermaßen komplexe Botschaft allein auf mimische Weise codieren kann.
Verben wie »sagen« oder »sprechen« einfach wegzulassen, um sie durch andere Verben zu ersetzen, die mit dem Sprecher/der Sprecherin im Zusammenhang stehen, ist schlicht und einfach eine stilistische Unart. Der Schriftsteller Robert Neumann, der nicht so sehr für seinen eigenen Stil, sondern für seine glänzenden Stilparodien berühmt geworden ist, hat die Schreibweise des sentimentalen Gesellschaftsromans (Eugenie Marlitt u. a.) karikiert und dabei dieselbe Stilmarotte zum Gegenstand der Parodie gemacht. *»Sie sind sehr frei, mein Herr«, schlug die Angeredete nach ihm mit dem Fächer.* Ähnlich an einer anderen Stelle: *»Nicht doch«, zog Marie-Amalie errötend ihre Hand aus der schlanken, doch nervigen Rechten des Assessors von Falkenstein.* Und weil es so schön war, noch ein drittes Mal:

»Allein«, runzelte er scherzhaft die Brauen, »warum wird hier nicht das Tanzbein geschwungen?«
Tja, bei so viel stilistischer Kühnheit bleibt uns eigentlich nur mehr eins zu sagen: »Die Frau Stadtschulratspräsidentin lächelte bedeutungsreich«, stolperte der Journalist in seinen geduldigen PC.

Wo bleibt der erotische Stil?

Georg Danzer hat einige gute Lieder geschrieben. Dafür sei er geschätzt. Zu behaupten, dass seine Sätze (sowohl innerhalb als auch außerhalb des Genres Liedtext) ein besonders hohes Reflexionsniveau erreichen, wäre allerdings eine grobe Übertreibung. In einem Interview mit den »OÖN« (16. 5. 01) verstieg sich Danzer zu folgender Aussage: »Sexualität ist für mich etwas, das völlig frei von Sünde und Schuld ist.«
Man muss weder ein kreuzbraver Anhänger des Katechismus noch ein verklemmter Fall für die Therapie sein, um zu widersprechen. Zweifellos, Sexualität kann etwas Angenehmes und Menschenfreundliches sein, aber sexuelles Handeln kann sehr wohl auch schuldhaftes Handeln sein, weil es nachweislich anderen Menschen Schaden zufügen kann. Ob wir dafür den Begriff »Sünde« verwenden, ist eine Frage des phonetischen und weltanschaulichen Geschmacks. Von Schuld müssen wir aber allemal sprechen, wenn zum Beispiel von den unzählbaren Vergewaltigungen in den ebenso unzählbaren Kriegen aller Jahrhunderte die Rede ist – oder von den vielen Fällen von Kindesmissbrauch.

Weil also der Sexualität keineswegs jene Harmlosigkeit und »Unschuld« anhaftet, die Georg Danzer bestenfalls für sein Denken in Anspruch nehmen kann, tun wir gut daran, auch die Worte, mit denen wir Sexualität benennen, vorsichtig und überlegt zu wählen. Dass dies leicht ist, kann man insbesondere in unserem Sprachraum nicht behaupten. Durchforstet man die gängigen Wörterbücher nach dem Vokabular der Sexualität, so wird man es vor allem auf zwei Sprachebenen finden: auf einer medizinischen oder auf einer derb-obszönen. Weder für den Geschlechtsverkehr noch für die Geschlechtsorgane hat sich in der deutschen Sprache ein Gebrauchsvokabular jenseits von Operationssaal und Männerstammtisch etabliert. Der Zustand der Sprache verrät bekanntlich manches über den Zustand einer Gesellschaft. Und so stellt sich angesichts unserer ernüchternden Bestandsaufnahme des Wortmaterials zur Sexualität die Frage, ob es uns in der gelebten Praxis tatsächlich noch nicht gelungen ist, jene Kultivierung zu leisten, die unsere Triebnatur weder verdrängt noch verteufelt, weder entfesselt noch knebelt, weder plebejisiert noch banalisiert.
Die Kultivierung der Sexualität wäre mit dem Begriff »erotischer Stil« angemessen zu bezeichnen, und für solch ein schönes und ethisch zumutbares Spiel der Geschlechter müssten wohl auch die passenden Worte zu (er-)finden sein. Herausgefordert ist auf diesem sprachschöpferischen Gebiet in erster Linie die Dichtung. In Georg Danzers neuen, forsch männlichen Liedtexten finde ich freilich nicht so ganz jene erotische Semantik, die ich meine. Aber auch Autorinnen haben sich in

Österreich noch kaum zu diesem erotischen Stil vorgeschrieben, wie man Julia Neissls jüngst erschienenem Buch »Tabu im Diskurs« entnehmen kann. Auf diesem Feld bleibt also noch einiges zu leisten – verbal und nonverbal.

Zur Förderung heimischer Liedkunst

Kürzlich konnte man auf den Kulturseiten österreichischer Tageszeitungen lesen, dass österreichische Künstler einigermaßen verärgert darüber sind, dass deutschsprachige Lieder auf österreichischen Sendern recht stiefmütterlich behandelt werden. Gerade einmal 19 % der hinausposaunten Lieder hören wir in unserer Muttersprache. Der überwältigende Rest kommt (fast ausschließlich) aus England und Amerika.
Die Diskussion über die englische Sprache in der heimischen Medienkultur wird nicht zum ersten Mal geführt. Ich erinnere mich noch an den Kulturkampf der sechziger Jahre. Der Streit darüber, ob das neuere englische und amerikanische Lied (von Elvis über die Beatles bis zu Bob Dylan) im deutschsprachigen Kulturrevier etwas zu suchen habe, trennte die Generationen. Damals sahen viele Väter und Mütter, die sich noch nicht von den deutschnationalen und vaterländischen Ideologien ihrer Kindheit und Jugend befreit hatten, im Siegeszug der englischsprachigen Musikkultur eine existenzielle Bedrohung. 1945 hatte man gegen England und Amerika militärisch verloren. Jetzt musste man sich auch noch auf kulturellem Felde geschlagen

geben und die desertierende Jugend lief langhaarig zu feindlichen Gesangsvereinen über!
Heute haben sich die kulturpolitischen Verhältnisse grundlegend verändert. Die englische und die amerikanische Sprache sind im deutschsprachigen Raum längst zur Gewohnheit geworden. Englisch zu sprechen ist nicht nur zeitgeistig, sondern gilt als Voraussetzung wirtschaftlichen Erfolgs, denn Englisch ist nun einmal unsere Lingua franca. Auch im Musikunterricht werden mittlerweile eher die Lieder (pardon: die »songs«) der Beatles gesungen als die traditionellen Gesänge schlichter deutscher Volkskunst. Man darf daher heute, ohne deshalb gleich der Xenophobie und des hysterischen Antiamerikanismus verdächtigt zu werden, sehr wohl auch die Frage stellen, ob es nicht dort und da Grenzen der angloamerikanischen Kulturhegemonie geben solle.
Man muss ja nicht gleich so weit gehen wie die Franzosen, die per Gesetz übliche englische Bezeichnungen verbieten und sie durch französische ersetzen. Aber die bewusste Förderung der Muttersprache und der auf ihr beruhenden eigenständigen Kultur ist nicht zwangsläufig ein Ausdruck von Xenophobie und Provinzialismus. Unsere Dialekte stehen unseren Emotionen und unserer spontanen Sprachkreativität nun einmal näher als die Standardsprache oder eine Fremdsprache. Die Pflege der regionalen Sprachkultur kann und soll zur Grundlage jenes vernünftigen kulturellen Selbstbewusstseins werden, das dümmlichen Chauvinismus verhindert. Daher begrüße ich die Forderung »Mehr heimische Lieder in die österreichischen Medien!«. Einfalls- und stilloser als der gängige englischsprachige Kommerz-

Pop sind die österreichischen Liedtexte sicher auch nicht. Der Vorteil der englischsprachigen Texte besteht lediglich darin, dass wir ihren Schwachsinn schlechter verstehen.

Maledikta

Lange habe ich hin und her überlegt, ob ich Ihnen dieses Thema nicht doch lieber ersparen soll. Aufgrund der Zuschriften, die mich gelegentlich erreichen, weiß ich, dass die Mehrheit meines Lesepublikums a) gutbürgerlich, b) weiblich ist. Soll ich also einem gutbürgerlich-weiblichen Publikum tatsächlich das Thema »Maledikta« – also Schimpfwörter – zumuten? Ich muss um Verständnis bitten. Meine Mutter, eine einfache, aber auf Anstand bedachte Frau, hat mir von klein auf beigebracht, dass man insbesondere weiblichen Herrschaften gegenüber nicht Ausdrücke in den Mund nimmt, die man im Bierzelt erlernt hat. Andererseits ist die moderne Sprachwissenschaft dazu übergegangen, den *realen* Sprachgebrauch zu beschreiben, anstatt den *idealen* Sprachgebrauch normativ vorzugeben. So sind auch die Maledikta zum Forschungsgebiet der Sprachwissenschaft geworden, und ich kann mich als Germanist nicht mehr um dieses Thema drücken. Nicht einmal meiner Mutter zuliebe.
Der Begriff Maledikta kommt aus dem Lateinischen. Im legendären lateinisch-deutschen Schulwörterbuch Stowasser wird der Begriff »maledictum« übersetzt mit den deutschen Wörtern »Schimpfwort« und »Schmäh-

rede«. Die moderne deutsche Grammatik von Herbert Genzmer (Suhrkamp 1995) versteht unter Maledikta Flüche, Schmäh- und Schimpfwörter. Geflucht und geschimpft wird angeblich überall, aber die regionalen und sozialen Unterschiede sind groß, da ja das Schimpf- und Fluchvokabular in den wenigsten Fällen lexikalisch festgelegt ist.
Auffällig ist, dass das deutschsprachige Schimpf- und Fluchrepertoire oft dem Fäkal- und Sakralbereich sowie der Tierwelt entnommen ist. Beides galt wohl unter bestimmten sozialhistorischen Umständen als eklatanter Tabubruch. Das Malediktum »Herrgottsakrament« als Ausdruck großen Ärgers entsetzte streng gläubige Menschen ebenso wie das Arsch- & Scheiße-Vokabular die bürgerlichen Haushalte. Mittlerweile gehört »Scheiße!« – gewissermaßen als Interjektion (Ausrufwort) – beinahe schon zum Alltagsvokabular.
Interessant ist, dass der englisch-amerikanische Sprachraum seine Schimpfmetaphorik eher aus dem Genital- als aus dem Analbereich holt. Dem wachsenden Einfluss des Englischen im deutschen Sprachraum verdanken wir, dass »fick dich« mittlerweile auch bei uns immer öfter jenes traditionelle »Leck mich am Arsch« ersetzt, das für Goethe immerhin literaturfähig war. So hässlich und verletzend das Beschimpfungsvokabular teilweise ist, manchmal wirkt es doch angebracht. Welcher anständige Mensch könnte es dem antifaschistischen Bauernpolitiker Georg Eisenberger übel nehmen, dass er 1930 zu einem gewissen Joseph Goebbels sagte: »Rotzbua, dreckata, wennst net glei schaugst, dass d'verschwindst, kriagst a Trumm Fotzn!«

Voll maximalst

Der deutsche Stilpapst Wolf Schneider behauptet, dass das Adjektiv neben vielen anderen schlechten Eigenschaften auch diejenige der Steigerbarkeit aufweist. Schon dem Komparativ, der ersten Steigerungsstufe, traut er allerlei Schändliches zu, aber sein Hauptgegner ist der Superlativ, die zweite Steigerungsstufe. Der Superlativ – so Schneider in seinem Buch »Deutsch für Kenner« (Piper Verlag) – ist eine »schreiende Form, mit der man sparsam umgehen sollte«. Nun ja, Wolf Schneiders grundsätzlichen Ekel vor dem Superlativ teile ich zwar nicht, aber seine Warnung vor dessen allzu haltlosem Gebrauch kann ich nachvollziehen. Bis zum Überdruss werden uns von der Werbung die schönsten, besten und billigsten Waren eingeredet, und selbst vor dem weißesten Weiß schrecken sprachkreative Werbetexter nicht zurück.

Weil die Maximierung des Ausdrucks in der grammatikalischen Form des Superlativs schon ziemlich abgegriffen wirkt, greift man auch zu anderen Möglichkeiten der übersteigerten Wortbildung und wirbt beispielsweise mit einem »Riesenangebot« an Teigwaren oder mit »megastarken« Batterien. Wortzusammensetzungen, die die Funktion von Superlativen übernehmen, sind in der deutschen Sprache freilich nichts Neues. Dass jemand nicht nur dumm, sondern sogar »strohdumm« sein kann, wissen wir nicht erst seit den Talkshows unserer Tage. Der Dialekt bedient sich dafür des starken Kompositums »fetzendeppert«.

Im Wiener Raum begegnen wir häufig Wortzusammen-

setzungen mit dem Präfix ur-: vom »urguten« Essen bis zum »urgeilen« Haarschnitt. Apropos urgeil! Im Jugendjargon unserer Tage dienen vor allem die Worte »super« und »voll« dazu, einer Beschreibung steigernde Wirkung zu geben. Einer kauft sich eine »super Hose«, während die andere zu einem »voll coolen« Shirt greift, und wenn es ganz hoch hergeht, dann bekommt Gery sogar das doppelt gesteigerte »voll super« Motorrad. Die abgründigste Formulierung dieser Art habe ich kürzlich von einem geistig unschuldigen Jüngling gehört: »Mein Glas ist schon voll leer.«
Über solch »kreative« Superlative mag man aus Gründen des stilistischen Geschmacks geteilter Meinung sein. Grammatikalisch ganz einfach falsch sind Formulierungen, in denen der Superlativ verdoppelt wird: Es gibt weder das »meistbesuchteste« Lokal noch das »höchstgelobteste« Buch. Sosehr jemand auch seine Frau oder Freundin liebt, sie kann nicht die »einzigste« Liebe sein, wenn auch nicht »in keinster Weise«. Und wenn Otto Baric unsere Fußball-Nationalmannschaft noch so gut auf das Länderspiel vorbereitete, »am maximalsten« konnten »unsere Burschen« trotzdem nicht spielen – leider nicht nur aus grammatikalischen, sondern auch aus spieltechnischen Gründen.

Türkische Konnotationen

Die Semiotik ist die Wissenschaft von den Zeichen, unter anderem von den sprachlichen Zeichen. Sie hat so viel Erhellendes zum Verständnis unserer Sprache(n) beigetragen, dass ich jahrelang meine Kolumne damit füllen konnte. Ein auch für den sprachkundlichen Alltagsgebrauch nützliches semiotisches Instrumentarium sind die Begriffe »Denotation« und »Konnotation«. Das Denotat ist der vom Sprecher bezeichnete Gegenstand oder Sachverhalt in der außersprachlichen Wirklichkeit, also beispielsweise die Pflanze, die das Wort »Baum« bezeichnet. »Baum« verweist aber nicht nur auf das pflanzliche Ding, sondern auch auf Vorstellungen, die wir eher gefühlsmäßig mit dem Zeichen »Baum« verknüpfen. Diese Vorstellungen nennt die Semiotik Konnotate. Das Zeichen »Baum« ist für uns ein Symbol des Lebens, Umweltschutzorganisationen verwenden es daher gern auf ihren Werbeschriften. Die deutsche Eiche zieht ganz spezielle Konnotationen nach sich, die ich uns hier lieber erspare. Die Formulierung »ein Mann wie ein Baum« nötigt uns einen gewissen Respekt ab, sofern wir dabei nicht gerade an einen Bonsai denken.

Am Tag des Fußballländerspiels Österreich–Türkei konnte man auf der Titelseite der auflagenstärksten österreichischen Tageszeitung lesen: »So besiegen wir die Türkei!« Wäre es um eine präzise Denotation des Sachverhalts gegangen, so hätte die Schlagzeile lauten müssen: »So besiegt die österreichische Nationalmannschaft die türkische.« Aber solch eine redlich-biedere Formulierung löst natürlich nicht die Emotionen aus, die sich die Redaktion wünscht. Daher arbeitet sie mit Zeichen, die konnotativ einschlägig besetzt sind. Zunächst einmal treten »wir« an, also »ganz Österreich«, und zwar gegen »die Türkei«, ein Land mit immerhin 64 Millionen Einwohnern.

Dieses Wir-Gefühl ergriff an diesem Tag auch den ORF-Journalisten im Praterstadion, und er fragte den dort anwesenden Bundespräsidenten, ob dieses Spiel auch ein nationales Anliegen sei! Thomas Klestil ging über diese vaterländische Frage glücklicherweise diskret hinweg. »Die Türkei« ist in der österreichischen Seele immer noch als Aggressor und Eroberer präsent, denn wer vor 400 Jahren gegen uns war, das merken wir uns sehr genau.
Es war daher auch nicht verwunderlich, dass die »Krone« wörtlich von der »Fußball-Festung« und von der »Türkenbelagerung« Wiens schrieb und Kolumnist Michael Kuhn fürchtete, dass »20.000 laute Türken im Stadion lärmen werden«. – Das sprachlich reizvolle Spiel mit Konnotationen ist humanitär betrachtet ein riskantes Unterfangen. Allzu leicht bringt man dadurch bei unkritischen Menschen Emotionen in Bewegung, die nicht mehr kontrollierbar sind.

Verfall der TV-Sprache?

»Finden Sie nicht auch, dass die Sprache der Fernsehmoderatoren immer schlechter wird?« Gerade ältere Leser meiner Kolumne stellen mir oft diese Frage, und ich spüre förmlich, dass sie von mir nur *eine* Antwort erwarten: »Ja, das finde ich auch!« Ich muss sie enttäuschen, denn so einfach ist die Sache nicht. Wir müssen uns zuerst einmal darüber im Klaren sein, was wir unter »schlechter Sprache« verstehen. Wer unsere Fernsehmoderatoren des Sprachverfalls verdächtigt, versteht unter »guter Sprache« meist ein standardsprachliches Deutsch, das den Normen der Schulgrammatik entspricht. Die Schulgrammatik gibt uns klare Regeln vor, beispielsweise für den »korrekten« Satzbau. Die meisten von uns haben im Deutschunterricht gelernt, dass ein Gliedsatz nicht allein stehen kann, dass er immer einen Hauptsatz braucht, von dem er abhängig ist.

Die Anwendung dieser Regel haben wir beim Schreiben gelernt. In der gesprochenen Sprache kümmern wir uns aber um die schulgrammatikalischen Regeln weitaus nicht so konsequent wie in der schriftlichen. Auf die Frage »Warum kommst du so spät?« antwortet kaum jemand: »Ich komme so spät, weil ich im Stau gesteckt bin«, sondern er/sie verwendet beim Antworten den Kausalsatz wie einen Hauptsatz: »Weil ich im Stau gesteckt bin.« Schulgrammatikalisch betrachtet ist dieser Satz falsch, alltagssprachlich betrachtet ist er zweckmäßig, denn der grammatikalisch korrekte Satzbau würde in diesem Fall umständlich wirken.

Kehren wir nun zu den Fernsehmoderatoren zurück. Die älteren Menschen, zu denen auch ich gehöre, haben noch die Wortbeiträge jener TV-Moderatoren im Ohr, die nach vorformulierten Manuskripten gesprochen haben, also auf der Grundlage einer geschriebenen, grammatikalisch korrekten Sprache. Das Kriterium der grammatikalischen Korrektheit spielt aber heute eine relativ geringe Rolle. Spontaneität, Natürlichkeit, Originalität – das sind die entscheidenden Kriterien für den Erfolg einer Sendung.

Tatsächlich deckt sich daher das Sprachverhalten vieler Moderatoren mit dem umgangssprachlichen Sprachver-

halten der Masse. Diese Entwicklung betrifft durchaus nicht nur die Sportredaktionen. Gewiss ist aber der Verzicht auf standardsprachliche Normen in diesem Metier am weitesten fortgeschritten. »Bist du deppert!«, röhrt Robert Seeger in Salt Lake City, wenn »unsere Burschen« über die Piste fegen. Und schon Edi Finger wurde nicht wegen seiner grammatical correctness zur Pop-Ikone, sondern wegen seines (standardsprachlich angreifbaren) Ausrufs »I werd' narrisch!« beim WM-Sieg der österreichischen Nationalmannschaft über Deutschland.
Gewiss gibt es noch immer einige mediale Zonen, in denen Grammatik und Wortwahl einigermaßen intakt sind. Ich denke vor allem an Informationssendungen wie die »Zeit im Bild«. Der Ausruf »Bist du deppert!« würde sich zwar angesichts bestimmter Meldungen durchaus anbieten, aber von einer Nachrichtensendung erwarten wir – glücklicherweise – in erster Linie Seriosität und nicht leutselige Unterhaltung. Gemäß dieser Maxime verhalten sich die Moderatoren. Eine Talkshow wird aber nicht an diesen Kriterien gemessen. Daher muss solch eine Moderation durchaus nicht »schlecht« sein, wenn sie vor grammatikalischen Fehlern strotzt oder inhaltlich doof ist. Schlecht ist sie nach den neuesten Maßstäben nur dann, wenn ihre Einschaltquote sinkt.

Warmduscher & Co.

Das Wort »Warmduscher« gehört heute zum geläufigen Wortschatz, zumindest in der Männer- und Jugendsprache. Es ist ein Malediktum (Schimpfwort) und bezeichnet einen Menschen männlichen Geschlechts, der die aktuellen Forderungen nach »coolness« und Härte nicht erfüllen kann oder will. Wer heute ein ganzer Kerl sein will, der duscht nämlich kalt, pinkelt im Stehen auf die Klobrille und fährt sternhagelvoll auf der Autobahn gegen die Fahrtrichtung. Das »Wörterbuch der Szenesprache« (DUDEN Verlag 2000) führt für den »Warmduscher« nicht weniger als hundert geistvolle Synonyme an, unter anderem den »In-Fahrtrichtung-Fahrer« und den »Sitzpinkler«. Diese Auflistung der Warmduscher-Synonyme ist aufschlussreich, denn sie zeigt recht klar, was sich der Zeitgeist unter einem Mann vorstellt. Dass dies alles nur ironisch gemeint sein soll, halte ich leider für eine Illusion.

Sichtet man die Warmduscher-Synonyme nach dominanten Wortfeldern, dann wird klar erkennbar, dass der schneidige Mann von heute erstens jedes Sicherheitsdenken ablehnt, zweitens mit Gegenständen ebenso rücksichtslos umgeht wie mit Menschen und drittens ökologisch begründetes Verhalten verachtet. Insbesondere die Verkehrssicherheit scheint ein ganz und gar unmännliches Anliegen zu sein. Dem »Warmduscher« im Badezimmer entsprechen auf der Straße der »Abstandhalter«, der »Airbagfahrer«, der »Gurtanleger« und der »Warndreieckaufsteller«. Ist Rücksichtnahme schon im Straßenverkehr ein Beweis für Verweichlichung, so gilt dies noch mehr für den gesamten Sozialbereich. Der »Rücksichtnehmer« als solcher verfällt der Verachtung seiner Geschlechtsgenossen, mag er sich nun in der Gestalt des »Hintenanstellers«, des »Einfahrtfreihalters«, des »Familienzusammenhaltheuchlers« oder des »Oma-über-die Straße-Helfers« zeigen. Zur grundsätzlichen Verweigerung jedes sozialen Verhaltens kommt die Verachtung des Umweltbewusstseins. »Biotonnenbesitzer« und »Mülltrenner« sind Schimpfwörter.

Kurios ist, dass fast jede Verhaltensweise, die dem gesunden Hausverstand entspricht, als unmännliche Schwäche verworfen wird. So gelten Maßnahmen, die Haushaltsgeräten eine längere Überlebenschance einräumen, als feminine Rücksichtnahme am falschen Ort. Der »Kühlschrankenteiser« und der »Flusensiebreiniger« sind einfach nicht mehr angesagt. Gerechterweise muss man freilich sagen, dass ein echter Mann nicht nur zu den Dingen des täglichen Gebrauchs, zur Natur und zu seinen Mitmenschen beinhart ist, sondern auch zu sich selbst. Wer sich vor der Sonne mit Sonnenmilch schützt, ist ebenso unmännlich wie ein »Teepuster«, der sich nicht die Zunge verbrennen will.

In Summe betrachtet ist also der echte Mann von heute ein saugrober, gemeingefährlicher, ordinärer Volltrottel. Hat er alles angepinkelt, einige Verkehrsunfälle verschuldet und Partnerschaften zertrampelt, seine Gesundheit, die Umwelt und den Kühlschrank ruiniert, dann wird er freilich als seelisch und körperlich zerstörtes Wrack genau dort landen, wo er nie sein wollte: in den karitativen Armen einer sozialen Einrichtung. Diese uncoole Zumutung sollten wir aber diesen »Krankenhausbettliegern« ersparen. Ich finde, ein richtiger Mann muss unter den Lasterrädern der Highways oder in den Eisbärenrachen der Antarktis sterben.

Wie soll die Kirche sprechen?

Die Krise der traditionellen Kirchen ist seit Jahren ein Dauerthema. Auch in Österreich kehren immer mehr Menschen der katholischen Kirche, unserer traditionellen Marktführerin in Glaubensdingen, einen Rücken zu, auf den sie kein Kreuz mehr laden wollen. Fragt man nach den Ursachen, so hört man neben den bekannten Hinweisen auf umstrittene Bischofsernennungen, frivole Skandale oder den Zölibat auch das Argument, die Kirche könne die Menschen nicht mehr »ansprechen«. Insbesondere für die Jugend hätte die Kirche keine geeignete Sprache zur Verfügung.

Na ja, schon möglich. Ich frage mich freilich, wie denn eine religiöse Sprache beschaffen sein soll, durch die sich die Menschen angesprochen fühlen und die gleichzeitig christliche Glaubensinhalte einigermaßen authentisch vermittelt. Was soll die Bischofskonferenz tun? Soll sie vierzig Tage vor Ostern ein Marketing-Unternehmen beauftragen, eine schnittige Medien-Semantik für die Mysterien der Kreuzigung und der Auferstehung zu entwickeln? Das hört sich dann vielleicht so an: *Hey, Kids, ich bin's, Chris, euer Kardinal. Also, ich kann euch eins sagen, Freunde, gestern war Freitag, und da war Jesus noch ziemlich down wegen Kreuzigung und so, aber morgen ist schon Sonntag, und da ist er wieder voll super drauf! Und so voll super drauf könnt ihr auch sein, wenn ihr an Jesus glaubt! Und jetzt zu unserem Gewinnspiel! Was macht Jesus, damit er wieder voll super drauf ist? – Richtig, er macht eine Auferstehung. Gesponsert wird die Veranstaltung von …*

Die katholische Kirche ist die älteste Großinstitution unserer Kulturgeschichte, die noch nicht den Weg alles Irdischen gegangen ist. Sie kommt von weit her. Ihre Wurzeln liegen in der Wüste, ihre Geschichte zieht sich über die Welt der Mönche und Kaiser, der Ritter und Seefahrer, der frommen Mystikerinnen und der verketzerten Hexen. Ihren ersten Schock erlebte sie zur Zeit der Reformation im Zustand tiefer Verkommenheit. Die neuzeitliche Moderne, Naturwissenschaften und Aufklärung lassen die Glaubenswahrheiten der Offenbarungsreligion oft sonderbar aussehen. Und auch die Sprache der Kirche steht in der Welt der Moderne oft fremd und sonderbar da. Denn auch diese Sprache kommt von weit her.
Man lege einmal ein gotisches, ein mittelalterliches, ein barockes und ein gegenwärtiges »Vater unser« nebeneinander und vergegenwärtige sich die gewaltigen historischen Dimensionen, welche diese Texte, die im Wesentlichen einander so ähnlich sind, voneinander trennen. Ist es wirklich vorstellbar, für diese uralten Glaubensinhalte eine ganz neue Sprache zu erfinden? Ich fürchte, jedes zeitgeistige religiöse Vokabular, das allzu spekulativ den Adressaten bedienen will, entlarvt sich eher früher als später selbst als Etikettenschwindel.
Ein Mysterium wie die Tötung und Auferstehung eines inkarnierten Gottes kann nicht in publikumswirksame Bilder gebracht werden. Es müsste uns als solches erschüttern. Wenn freilich die allgemeinen kulturellen Grundlagen dieser Erschütterung verloren gegangen sind, dann ist auch mit den Mitteln einer zeitgemäßen

Sprache nicht mehr viel auszurichten. Vielleicht ergreifen uns in der Religion sogar die Bilder alter, versunkener Sprachen mehr als das stromlinienförmige Marketing-Vokabular der Gegenwart. Immerhin haben sich in dieser Sprache Menschen mitgeteilt, die sich ihres Glaubens noch sicher waren.

Die Qual der Namenwahl

Die Namensgebung ist ein spannendes Kapitel der Sprach- und Sozialgeschichte. In unserer Zeit folgt die Wahl des Vornamens oft einer Mode, die durch einflussreiche Medien entstanden ist. Bevor der Film »Kevin allein zuhaus« unsere Kinos heimsuchte, war der Vorname Kevin hierzulande eine ausgesprochene Rarität. Heute kann ich keinen Spielplatz mehr überqueren, ohne den schrillen Ruf einer Mutti nach ihrem Kevin zu hören. Vielleicht ist auch die Verehrung mancher jungen Frau für Kevin Costner der Grund der Namenswahl. Eine Konsalik-Leserin vertraute mir kürzlich im Bus an, sie habe ihre Tochter Irina genannt – nach einer Romanfigur von Konsalik. Da soll noch einmal jemand sagen, Literatur verändere nicht die Welt!
Ich bin weit davon entfernt, mich darüber zu beschweren, dass die Österreicher heute gerne zu ausländischen, vorwiegend westeuropäischen Vornamen greifen. Immerhin sollten wir nicht vergessen, dass mancher Name, der uns heute als bodenständig erscheint (z. B. Maria und Josef), nicht deutschsprachiger Herkunft ist. Und die wilde vaterländische Entschlossenheit, Kinder

nach den urdeutschen Recken und Maiden der germanischen Mythologie zu benennen (Ute, Gernot, Hagen, Kriemhild etc.), beruht manchmal ohnedies auf fragwürdigen weltanschaulichen Fixierungen. Unabhängig davon würde ich allerdings behaupten, dass diese germanischen Namen schön klingen. Ob allerdings die Schönheit des Klangs ein angemessenes Kriterium der Namenswahl sein soll, ist ebenso diskutierbar wie jedes andere Kriterium. Auf jeden Fall würde ich dazu raten, bei der Wahl exotischer Vornamen an die Eigenart des Familiennamens zu denken. Jacqueline Pötzlberger oder Natascha Derndl – das ist, man verzeihe mir, wie ein Kir Royal zu Innviertler Speckknödeln.

Nach wie vor werden Namen aufgrund ihrer symbolischen Bedeutung gegeben, eine Entscheidung, die sicher nachvollziehbar ist. Freilich wird dadurch dem Kind eine Bedeutung in das Leben mitgegeben, die sich das Kind nicht selbst ausgesucht hat. Ich würde mir zum Beispiel schon aufgrund meines Vornamens schwer tun, aus der Kirche auszutreten, denn ein »christianos« (griech. der Christliche) kann sich einfach nicht von seinem Religionsstifter abwenden.

Die Familientradition ist als Grundlage der Namensgebung heute sicher nicht mehr so einflussreich wie in früheren Jahrhunderten. Ich kenne die Namensgeschichte eines bäuerlichen Anwesens, das bis in das 17. Jahrhundert zurückreicht. Alle Hoferben, die der patriarchalischen Ordnung zufolge immer erstgeborene Söhne waren, hießen Hans. Als nun eine moderne Jungbäuerin ihren Stammhalter Patrick nennen wollte, fiel Hans, der Altbauer, zunächst in donnernde Rage, dann in dumpfe, alkoholgetränkte Resignation. Wie stark die Familien- und Sippenzugehörigkeit in früheren Kulturen die Namensgebung prägte, ist schon antiken Quellen ablesbar. Der Held Achill wird beispielsweise von Homer in der Ilias auch »Peleide« genannt, weil sein Vater Peleus hieß. Dieser Sitte folgend müsste ich Christian, der Josefide heißen, oder dem deutschen Sprachgebrauch angepasst: der Josefiner. Das mag ja noch angehen. Hätte mein leider schon verstorbener Vater allerdings Bernhard geheißen, wäre ich Christian, der Bernhardiner. – Da wäre mir sogar Kevin lieber!

Was ist eine schöne Sprache?

Selten hören wir sie noch – und wenn, dann mit leiser Stimme: die Forderung nach einer schönen Sprache. Beim aufgeklärten und kritischen Teil des Publikums löst diese Forderung bestenfalls milde Nachsicht aus, im schlechteren Fall Hohn und Spott. Nicht ohne Grund. Uns begleiten noch unangenehme Erinnerungen an das, was man hier zu Lande jahrzehntelang unter einer schönen Sprache verstanden hat. Wir erinnern uns an die vor stilistischen Verrenkungen strotzenden Schulaufsätze, die bis zur Sinnlosigkeit mit »schmückenden Eigenschaftswörtern« garniert werden mussten; und wir erinnern uns an die Feiertagsreden, die vor hohlem Pathos dröhnten und vor verlogener Sentimentalität Fettspuren auf das geduldige Papier patzten. Dennoch, liebe kritische Mitbürgerinnen und Mitbürger, ich möchte die Kategorie »schöne Sprache« nicht aufgeben. Wir sollten nicht aus Angst vor dem Kitsch den Begriff Schönheit generell vermeiden, und wir tun es ja tatsächlich nicht! Denn, Hand aufs Herz, immer wieder begegnen wir einer Wendung, einem Satz, einem Text, angesichts dessen nicht nur die Mitzitant', sondern auch mancher Sprachwissenschaftler ein bebend gehauchtes »Ach, wie schön!« nicht unterdrücken kann – und auch nicht soll.

Freilich wird der Eindruck von Schönheit nie objektivierbar sein, daher will ich mich auch nicht davor drücken, meine subjektive Vorstellung von sprachlicher Schönheit an Beispielen auszuführen. Das erste entnehme ich dem Gedicht »Die Flamingos« von Rainer Maria Rilke. Rilke suchte ein Sprachbild, das die Färbung des Flamingo-Gefieders angemessen bezeichnen könne, und fand dafür folgende Formulierung: »In Spiegelbildern wie von Fragonard / Ist doch von ihrem Weiß und ihrer Röte / Nicht mehr gegeben als dir einer böte / Wenn er von seiner Freundin sagt: / Sie war noch sanft von Schlaf (...)« Was für eine Idee! Wie nahe liegend und wie fern: Sage ich von meiner Geliebten »Sie war noch sanft von Schlaf«, dann bringe ich mit dieser Aussage eine ähnliche Wirkung hervor, wie sie die Farbe der Flamingos auslöst. Ein ganz ungewöhnliches und doch so überzeugendes Bild, elegant gebaute Verse, eine der Klangwirkung verpflichtete Wortwahl – hier arbeiten sprachhandwerkliche Perfektion und genialer Einfall zusammen. Das Ergebnis ist – nun ja: Schönheit, was sonst?

Lange Zeit meinten die Sprachlehrer, die Schönheit der Sprache sei mehr oder weniger zwangsläufig an einen hohen Stil gebunden. Nicht erst H. C. Artmann hat bewiesen, dass auch der Dialekt jeder Schönheitskonkurrenz standhalten kann. Auch beim großen Nestroy finden wir schon wunderbare Formulierungen, die gerade wegen ihrer Schlichtheit schön sind. Als die Ganslhüterin Salome Pockerl im »Talisman« zur Kenntnis nehmen muss, dass der von ihr in aller Stille geliebte und begehrte Titus seinen Weg ohne sie machen will, schaut sie ihm nach und sagt dann: »Ich hab eh kein Glück g'habt, und mir kommt jetzt vor, als wenn er noch was mitgenommen hätt davon.«

Eine kanonisierte Stilnorm zur Festlegung sprachlicher Schönheit ist natürlich ein Unding. Aber die Sensibilisierung der Menschen für die Schönheit von Sprache sollten wir zu unserer bleibenden Kulturaufgabe machen. Sonst lassen wir uns eine besonders feine Form von Genuss entgehen.

Wie halten wir's mit dem Dialekt?

Ich erinnere mich noch an die unseligen Zeiten, in denen Kinder, die in der ersten Klasse Gymnasium noch nicht der deutschen Standardsprache mächtig waren, nicht nur von Mitschülern, sondern auch von Lehrern verspottet wurden. Manche Lehrer betrachteten das Sprachverhalten dieser Kinder sogar als Zeichen mangelnder Intelligenz und hatten keine Bedenken, dieses Urteil vor versammelter Klasse auszusprechen. Tatsächlich war und ist es natürlich kein Zeichen von Intelligenz, die Standardsprache zu beherrschen. Vielmehr ist es eine Sache der Sozialisation. Jeder Mensch von durchschnittlicher Begabung erlernt die Standardsprache, wenn er in eine förderliche Sprachumgebung kommt. Die höheren Söhne und Töchter aus dem Bildungsbürgertum hatten daher in dieser Hinsicht immer Vorteile gegenüber den Kindern aus Arbeiter- und Bauernfamilien. Die gehobene Stilebene gehörte eben zu ihrer »natürlichen« familiären Umgebung.

Wir sollten nicht vergessen, dass die deutsche Hoch- oder Gemeinsprache ein relativ junges geschichtliches Phänomen ist. Das ganze Mittelalter hindurch gab es nur regionale Dialekte. Und selbst Martin Luther hatte, als er im 16. Jahrhundert die Bibel ins Deutsche übersetzte, noch das Problem, über keine deutsche Sprache zu verfügen, die dem ganzen Volk zugänglich war. Luther orientierte sich hauptsächlich an der Sprache der sächsischen Hofkanzlei. Die Luther-Bibel erfreute sich schon bald großer Verbreitung und trug auf diese Weise maßgeblich zur Entstehung einer deutschen Gemeinsprache bei. Vor allem waren es wirtschaftliche und politische Gründe, die einigermaßen einheitliche Sprechweisen erforderlich machten. Menschen, die Handel miteinander treiben, müssen miteinander reden können. Verträge müssen in einer Sprache abgefasst werden, die allen Beteiligten verständlich ist. Dort und da engagierten sich seit dem 17. Jahrhundert auch Poeten und Gelehrte für ein »schönes« und »reines« Deutsch, Grammatiken des Deutschen wurden erstellt, und die Klassiker des 18. Jahrhunderts – allen voran Schiller, Lessing und Goethe – erbrachten den Nachweis, dass die deutsche Sprache sehr wohl auch für den hohen

Stil einer großen Literatursprache tauglich ist. Die regionalen Dialekte bestanden natürlich als Sprache des Volkes weiter, aber wer aus Standesgründen auf sich hielt, bemühte sich um die so genannte »Hochsprache«, die wir heute eher mit den Begriffen »Standardsprache« oder »Gemeinsprache« bezeichnen.

Kehren wir noch einmal zur pädagogischen Seite zurück. War es vor dreißig oder vierzig Jahren in den höheren Schulen noch üblich, dass Kinder wegen ihres Dialekts diskriminiert wurden, so können wir heute teilweise das gegenteilige Phänomen beobachten. Das gut gemeinte pädagogische Programm, Kinder ihre Sprache reden zu lassen, führt häufig dazu, dass eine gehobene Gemeinsprache nicht mehr als wichtiges Lernziel betrachtet wird. Das betrachte ich aber ebenso als verhängnisvollen Fehler wie die Verhöhnung des Dialekts. In vielen gesellschaftlichen Bereichen wird der Dialekt beziehungsweise unsere zeitgeistige Mischung aus Dialekt, gruppenspezifischem Jargon und Medienvokabular nach wie vor nicht akzeptiert. Wer die gehobene Umgangssprache gar nicht beherrscht, dem bleiben Chancen vorenthalten. Wir mögen das unfair finden. Es ist aber eine wirkungsmächtige Tatsache. Daher sollten Lehrer – nicht nur Deutschlehrer – ihre Schüler an den Gebrauch einer gehobenen Gemeinsprache heranführen, behutsam und menschenfreundlich, aber konsequent.

Syntaxvirtuosen

Die sprachkundigen Männer und Frauen, denen wir die Regelwerke der deutschen Grammatik verdanken, haben für den Satzbau (Syntax) keine besonders strengen Regeln aufgestellt. Es gibt fast immer mehrere Möglichkeiten, einen Satz zu konstruieren. Diese Flexibilität der deutschen Syntax ist der Grund, dass wir manchen Satzkonstruktionen gegenüber ein gewisses Unbehagen empfinden, dass wir aber die Ursachen des Unbehagens nicht in falscher Grammatik, sondern in stilistischen Mängeln finden. Stil ist zwar bis zu einem gewissen Grad eine Frage des Geschmacks, diskutierbar ist er aber allemal, zum Beispiel so:
Kürzlich las ich in einer Theaterkritik folgende Satzkonstruktion: »Der größte lebende Geistesmensch, dessen Werk angeblich weit in den Geisteshimmel emporragt, wo die Namen Goethe oder Nietzsche wie Sternlein unerreichbar prangen, sitzt endlich selbst auf dem Dach der Welt: ein erschöpfter Kuchenesser in einer arisierten Kleinstadtvilla, der mit übergezogenem Bienennetz seinem Vorbild Goethe provinzgelehrt nachspricht. (Absatz!) Ein Vielschreiber namens Moritz Meister, der sich mit tief empfundenen Gelegenheitsgedichten über die Sauerkirsche wacker in das Abseits eines immerzu schäbigen Ruhms hinüberdichtet – das ist ein genial verrutschtes Literaturbild.«
Mir gefällt diese virtuose Übung der syntaktischen Geläufigkeit, dieses l'art pour l'art des Satzbaus, nicht sonderlich. Dass sie sich im Grenzbereich der Normen bewegt, ist nicht das Hauptproblem. Manchmal kann gerade der

bewusste Normenverstoß eine interessante Wirkung auslösen. Was mich mehr stört, ist der Umstand, dass hier unnötig verkompliziert wird, was schlanker, eleganter und verständlicher gesagt werden könnte. Machen wir uns die grammatikalische Struktur der Konstruktion bewusst: Sie beginnt mit einem Hauptsatz (»Der größte lebende Geistesmensch«), der von zwei Gliedsätzen unterbrochen und dann zu Ende geführt wird (»sitzt endlich auf dem Dach der Welt«). So weit, so korrekt. Nun verwirrt uns aber der Schreiber durch einen Doppelpunkt. Dieses Satzzeichen verwenden wir vor Erklärungen, die vorher angekündigt werden, auch vor Schlussfolgerungen und zusammenfassenden Erläuterungen. Davon ist hier freilich keine Rede. Rein formal betrachtet handelt es sich bei den Satzteilen »ein erschöpfter Kuchenesser …« und »Ein Vielschreiber namens Moritz Meister …« um Appositionen (Zusätze), inhaltlich müsste aber eher ein neuer Hauptsatz folgen.

Dass vor dem zweiten Zusatz (»Ein Vielschreiber«) auch noch ein unmotivierter Absatz eingeschoben wird, ist irritierend. Die Apposition (?) ist vom Subjekt, auf das sie sich bezieht (»Der größte lebende Geistesmensch«), ohnedies schon sehr weit weg; der Absatz bringt eine zusätzliche Trennung. Obendrein werden die beiden Appositionen, die inhaltlich keine sind, auch noch durch Gliedsätze aufgeblasen. Spätestens nach dem Wort »hinüberdichtet« erwarten wir dann endlich den verdienten Punkt und damit einen neuen Anfang. Indem aber der Schreiber einen Bindestrich setzt und den folgenden Hauptsatz mit Kleinschreibung beginnt (»– das ist ein genial verrutschtes Literaturbild«), erweckt er den Anschein, hier setze sich immer noch die ohnedies schon ausufernde Satzkonstruktion fort. Ich kann die Freude begabter Stilisten an virtuosem Satzbau verstehen. Mündet diese Freude freilich in eitle Manier, dann sollte man doch ein wenig Selbstdisziplin üben.

Mundfaulheit

Genaue Artikulation gehört in Österreich zu den schützenswerten Arten. Die regionalen Sprechgewohnheiten unseres Landes haben eine ausgeprägte Neigung zur Mundfaulheit. Dieser sprachkundliche Begriff – man verwechsle ihn nicht mit dem medizinischen Terminus »Mundfäule« – besagt, dass wir es beim Sprechen gern gemütlich haben. Am liebsten würden wir mit geschlossenem Mund reden, da ja die Lippenbewegung als solche schon eine Anstrengung mit sich bringt, die einmal unter dem Aspekt der Zumutbarkeit gewerkschaftlich diskutiert werden müsste.
Zu unseren Sprechgewohnheiten gehört beispielsweise die Ignoranz gegenüber harten Konsonanten. Aus p, t und k machen wir beim Reden gern b, d und g. Verdoppelungen ignorieren wir (der »Donnerstag« wird zum »Donasdog«). Und wer nicht gerade aus den bayrisch dominierten Sprachlandschaften des Innviertels kommt, hat oft auch mit dem Laut »r« seine liebe Not. Die Anforderungen, die beispielsweise die Aussprache des Wortes »Artikulation« an uns stellt, sind übermenschlich, und so mutiert es beim oberösterreichischen Sprecher gern zur »Adegulation«.

Dabei hat eine genaue, deutliche Artikulation durchaus ihre Vorteile. Freilich muss sie zur Gewohnheit werden, und das geht eben nur, wenn wir sie von Kindheit an trainieren. Denn deutliche Aussprache ist nicht etwas, das man einmal lernt und dann anwendet. Sie muss durch ein kontinuierliches Übungsprogramm zur Selbstverständlichkeit werden. Lehrerinnen und Lehrer, die beim Lesen und Sprechen von ihren Schülerinnen und Schülern immer wieder Genauigkeit der Aussprache einfordern, sind daher keine humorlosen, pedantischen Quälgeister, sondern verantwortungsvolle Pädagogen, die um den Stellenwert der Aussprache für unser Sprachleben Bescheid wissen. Wer genau artikuliert, kann leiser sprechen und dadurch seine Stimme schonen. Wer genau artikuliert, wird besser verstanden und erweckt den Eindruck von Eloquenz, die auch dem Image förderlich ist. Dass unsere deutschen Nachbarn öfter den Eindruck sprachlicher Wendigkeit erwecken als wir, liegt unter anderem an der besseren Artikulation. (Dass deshalb auch die Aussagen intelligenter sind, halte ich freilich für widerlegbar.)

Abgesehen von kontinuierlichen Übungen ist auch das Bewusstsein für die anatomischen Grundlagen der Lautbildung hilfreich. Hier ist nicht der Platz für einen Einführungskurs. Aber ein kleiner Überblick über Artikulationsorte und Artikulationsarten kann Respekt vor dem Wunder unserer Sprechwerkzeuge erwecken. Aufgrund der Artikulationsstellen im Mund- und Rachenraum unterscheiden wir Lippenlaute, Lippenzahnlaute, Zahnlaute, Vordergaumenlaute, Hintergaumenlaute, Zäpfchenlaute und Stimmritzenlaute. Nach der Artikulationsart unterscheiden wir Verschlusslaute, Nasenlaute, Seitenlaute, Schwinglaute, geschlagene Laute und Reibelaute. Und weil die Lautung auch durch Kombination dieser Varianten zu Stande kommen kann, gibt es solch beeindruckende Begriffe wie den Lippenzahnreibelaut oder den Hintergaumennasenlaut.

Weder Kinderl noch Hünderl

Ich habe mit dieser Kolumne bewusst gewartet, bis die Festreden gehalten, die Bufetts geleert und die Feierstunden abgelaufen sind. Wenn nämlich der 200. Geburtstag eines oberösterreichischen Literaturheiligen gefeiert wird, stoßen störende Zwischentöne meist auf entrüstete Ablehnung statt auf sachliche Gesprächsbereitschaft. Es war daher mutig von der Kulturredaktion der »OÖN«, in Franz Stelzhamers Geburtsmonat Dezember Ludwig Lahers kritische Anmerkungen zu den antisemitischen Ausfällen des Piesenhamer Franzl zu veröffentlichen. Daran will ich mit einem anderen »Störfall« anschließen.

Ach Gott, zu den Stelzhamer-Bildern der Vergangenheit und der Gegenwart ließe sich mancherlei sagen. Die Einvernahme Franz Stelzhamers durch eine hinterwäldlerische und reaktionäre Heimatideologie ist mittlerweile oft und mit Recht hinterfragt worden. Ob allerdings so genannte »fortschrittliche« Lesarten weniger ideologisch sind, bezweifle ich. Der Hang zum Wirtshaus und zu schlechten Manieren – beides kann man Stelzhamer sorglos nachsagen – wird ja hierzulande nicht nur von Burschenschaften heroisiert. Auch in

»fortschrittlichen« Kreisen erfreut sich derlei bisweilen einer gewissen Sympathie. Daselbst wird solch ein Lebensstil als Auflehnung gegen Konventionen interpretiert und mit dem Begriff »Individualanarchismus« veredelt. Dass hinter Stelzhamers trinkfreudigem Wanderleben über Hügerl und Bacherl letztlich nur die übliche Haltlosigkeit und Verantwortungslosigkeit (gegenüber seiner Familie) stand, verdrängt man. Vollends schräg wird das Bild, wenn Stelzhamer aufgrund weniger Indizien zum liberalen Kämpfer für Freiheit, Gleichheit und Brüderlichkeit stilisiert wird. Und damit komme ich zum Kern des Problems.

Wir verdanken Franz Stelzhamer bekanntlich den Text zur oberösterreichischen Landeshymne. Gewiss sollte man Hymnen nicht allzu pedantisch auf ihre Zeitgemäßheit prüfen. Ich finde es gut, dass eine Landeshymne im traditionellen Dialekt der Region gesungen wird. Und ich finde mich auch mit der einigermaßen historisch gewordenen Naturmetaphorik ab, die mir die Bachquellen als »Veder und Moahm« unterjubeln will. Was allerdings meine Grenzen der Zumutbarkeit überschreitet, ist der Vergleich in der ersten Strophe des »Hoamatgsangs«: »Hoamatland, Hoamatland! / han dih so gern! / Wiar a Kinderl sein Muader, / A Hünderl sein' Herrn.«

Das ist – halten zu Gnaden – für einen Demokraten unerträglich. Ich mag mein Oberösterreich wirklich sehr gern, aber weder will ich mich ihm wie ein Hund unterwerfen, noch strebe ich jenen Zustand der Unmündigkeit und Abhängigkeit an, der einer Mutter-Kind-Beziehung naturgemäß zugrunde liegt. Aus Stelzhamers Zeilen spricht nicht die Anhänglichkeit eines aufgeklärten Bürgers an seine Herkunftsregion, sondern die Selbstentmündigung eines devoten Untertanen. Hündische Unterwerfung und infantile Regression sind keine politischen Tugenden. Was ist also zu tun? Ganz einfach: Wir sollten diese Zeilen durch andere ersetzen! Und wer soll diese neue Version schreiben? Auch das ist einfach zu beantworten: eine oberösterreichische Autorin oder ein oberösterreichischer Autor. Wäre das nicht ein spannender Literaturwettbewerb?

Rettet die Umteufelhose

»Vorher ziehst du aber die Umteufelhose an«, sagte meine Mutter zu mir, wenn ich meine Hausübungen erledigt hatte und ankündigte, ich würde jetzt mit dem Weinhäupl Herbert und dem Berghammer Schurli zum Indianerspielen in die Auleiten gehen. Gern schlüpfte ich in die feldgrauen Beinkleider, die aus abgetragenen Gendarmeriehosen meines Vaters nach einem schlichten Design geschnitten worden waren. Schönheit und Stil taten nichts zur Sache. Die Umteufelhose war das Symbol der Freiheit. Wer sie an seinen Beinen trug, durfte »umteufeln«, also spielen, springen, laufen und raufen nach Herzenslust – ohne Vorsicht, Rücksicht und Nachsicht. Risse im Gewebe waren ebenso erlaubt wie der gesammelte Schmutz der Auleiten auf Knien und Gesäß.

Die »Umteufelhose« – ist das nicht eine wunderbare Wortneuprägung (Neologismus) des oberösterreichischen Volksmunds? Grammatikalisch betrachtet handelt es sich um ein so genanntes Kompositum, das aus dem Hauptwort Hose und aus dem Verbum umteufeln zusammengesetzt worden ist. Ich weiß nicht, in welchen Gegenden unseres Bundeslandes das schöne Verbum »umteufeln« heute noch Teil des täglichen Sprachgebrauchs ist. Es dürfte eher zur Rarität geworden sein, denn weder im amtlichen Österreichischen Wörterbuch noch in Jakob Ebners Wörterbuch des österreichischen Deutsch (»Wie sagt man in Österreich?«, DUDEN-TB) scheint »umteufeln« auf. Auch »teufeln«, eine Verbbildung zum Nomen Teufel, ist in den mir vorliegenden Lexika nicht zu finden. In Oberösterreich hört man freilich dort und da noch Sätze wie diesen: »Heit hoda wieda deiföd« (= Heute hat er wieder geteufelt). Das Dialektwort »teufeln« bezeichnet das Verhalten eines zornigen, aufgebrachten, lautstarken und möglicherweise sogar gewalttätigen Menschen. Tritt aber zum Verb »teufeln« die Vorsilbe »um-«, so bezeichnet das Wort die Verhaltensweise von spielenden Kindern, ihre Freude an Rangeleien und ihre Bereitschaft, sich auch auf schmutzigstem Boden behaglich herumzuwälzen.

Semantisch steht das oberösterreichsche Verbum »umteufeln« möglicherweise seinem griechischen Ursprungswort sehr nahe. Machen wir uns die etymologischen Zusammenhänge bewusst: Das deutsche Wort Teufel ist das Nachfolgewort zum gotischen »diabaulus«, das seinerseits auf das lateinische Nomen »diabolus« zurückgeht. Die Römer entlehnten ihren »diabolus« von den Griechen. Das altgriechische Nomen »diábolos« bezeichnet einen verleumderischen oder generell feindseligen Menschen. »Diábolos« ist eine Hauptwortbildung zum Verb »diabállein«, das aus der Präposition »diá« (durch) und dem Verb »bállein« (werfen) zusammengesetzt worden ist. »Diabállein« bedeutete also ursprünglich nichts anderes als »durcheinander werfen«. Sich durcheinander zu werfen, genau das ist das Verhalten, das umteufelnde Kinder bevorzugen. Und die sinnvolle pädagogische Konsequenz aus dieser kindlichen Freude am »Durcheinanderwerfen« ist eben das Tragen der Umteufelhose. Erhalte uns ein gütiger (heidnisch-altgriechischer oder christlich-österreichischer) Sprachgott das wunderbare Wort »Umteufelhose«. Und vor allem möge er uns auch die Sache erhalten, die das Tragen der Umteufelhose erforderlich macht, die Freude der Kinder am ausgelassenen, unbeschwerten Spiel.

Höflich oder verlogen?

Als ich noch ein frommes Kind war und jeden Sonntag mein Seelenheil der Kirche der Kapuziner in Ried im Innkreis anvertrauen durfte, warf ich gerne einige Groschen in einen Opferstock, auf dem das eingeschwärzte kahle Holzköpfchen eines breitlippigen Knaben angebracht war. Hatte ich mein Geldstück eingeworfen, dann verneigte sich »das Negerlein« in gebotener Artigkeit und mich überlief das Überlegenheitsgefühl kolonialistischer Güte. Man sprach damals ungeniert von den »Negern«, und daher war die bettelnde Miniaturausgabe auf dem Opferstock der Mission eben das »Negerlein«. Erst viel später hörte ich, dass

die echten Negerlein keine sonderliche Freude haben mit dieser Bezeichnung, dass »Neger« insbesondere in den USA als diskriminierendes Schimpfwort verwendet wird und daher von korrekten Menschen durch andere Wörter (»Schwarzer«, »Afroamerikaner«) ersetzt wird, die von den Bezeichneten akzeptiert werden.
Es sollte selbstverständlich sein, Wörter zur Bezeichnung von Menschen oder Menschengruppen zu vermeiden, von denen sich die Bezeichneten und folglich Betroffenen verletzt fühlen. Bisweilen bekommt man freilich den Eindruck, dass nicht in jedem Fall Höflichkeit und Rücksichtnahme die Motive der Wortwahl sind, sondern eher Heuchelei, Vertuschung, Beschönigung und ein ordentliches Maß an Verlogenheit. Denken wir zum Beispiel an das Wort »alt«.
»Alt« ist ein uraltes Wort und hat schon dadurch eine gewisse Würde. Die sprachgeschichtlich nachweisbare Wurzel geht bis in die Zeit des Gotischen zurück. Das gotische Verb »alan« bedeutete »wachsen«. »Alt« ist das 2. Partizip zu »alan«, bedeutete also der bzw. die Gewachsene. Aber selbst die Würde seiner Jahre scheint »alt« nicht zu retten. Das ist nicht weiter verwunderlich in einer Gesellschaft, in der uns tagtäglich eingeredet wird, Jugendlichkeit sei die einzig anstrebenswerte und brauchbare Daseinsform des Menschen. Wenn uns von jeder Plakatwand das gesunde Strahlefrau-Gebiss eines faltenlosen Girlie-Gesichts und der Fitness-Körper eines Jungsportlers entgegenprangen, will niemand mehr alt aussehen, alt sein oder gar als »Alter« bezeichnet werden. Und so ist es gekommen, dass wir keine »Altenheime« mehr bauen, sondern »Seniorenheime«,

als wären gewisse körperliche und geistige Abbauerscheinungen dadurch zu verhindern, dass wir statt des altdeutschen das lateinische Vokabular bemühen.
Wir werden heute nicht mehr »alt«, wir »kommen in die Jahre«. Politiker und andere Werbefachleute sprechen nicht mehr von den »alten Menschen«, sondern von den »älteren Menschen«. Interessant ist, dass »älter« in diesem Fall nicht als Komparativ zu »alt« gilt, nicht als Steigerung des »Alten«. Vielmehr bezeichnet »älter« in diesem Fall eine Relation zum Zustand der Jugend. Vor zehn Jahren gehörte ich noch zu den Jungen, heute gehöre ich schon zu den »Älteren« – und bei denen werde ich wohl auch bleiben, denn dass ich eines Tages auch alt oder gar ein Greis sein werde, darauf wird mich bestimmt niemand explizit hinweisen. So etwas Peinliches spricht man eben nicht aus. Es sei denn, diese Gesellschaft verabschiedet sich irgendwann einmal von ihrem dummen Jugendkult, nennt alt, was alt ist, und schenkt vor allem dem Alter wieder jene Würde, die solch einem natürlichen Zustand allemal zusteht.

Ich, die dritte Person

Wenn ich mich recht erinnere, dann war ich ein Schüler von etwa elf oder zwölf Jahren, als ein älterer, mir unbekannter Herr von hofrätlichem Äußeren zu uns in die Klasse kam, begleitet vom dicken Direktor Haidinger mit dem vielen Fleisch im Gesicht, und von einem Lehrer, der seine Stunde zu halten hatte. Der mir unbe-

kannte hofrätliche Herr sagte: »Grüß euch Gott, Mädel und Buben, heute kommt euer Herr Landesschulinspektor aus Linz zu euch nach Ried, damit er einmal sieht, was ihr alles lernt.« – »Setzen!«, dirigierte der dicke Direktor Haidinger mit dem vielen Fleisch im Gesicht, und wir folgten brav seiner Aufforderung. Der Direktor und der unbekannte Gast setzten sich und der Lehrer begann zu unterrichten. Aufgrund seiner Begrüßungsworte hielt ich den hofrätlichen Herrn für einen Vorboten des Landesschulinspektors, für ein Art Herold, der dem alsbald eintretenden und sicher noch hofrätlicher ausschauenden Würdenträger aus Linz Quartier machte. »Wann kommt denn jetzt der Landesschulinspektor?«, fragte ich meinen Banknachbarn. »Trottel!«, antwortete dieser, »der sitzt ja eh schon da hinten.«
Ich gestehe, ich war irritiert. Das Sprachverhalten dieses Mannes erschien mehr sehr merkwürdig. Warum sagte er »euer Herr Landesschulinspektor«, wenn er sich selbst meinte, warum verwendete er also die dritte Person, wo doch eindeutig die erste angemessen erschien? Bis heute fällt es mir nicht ganz leicht, dafür eine Erklärung zu finden. Im Falle des Landesschulinspektors neige ich zu der Annahme, dass der Mann streng zwischen seinem privaten Ego und seinem öffentlichen Amt unterschied. Sprach er von sich als Privatmann, verwendete er wahrscheinlich das übliche »Ich«. Zumindest kann ich mir kaum vorstellen, dass er am Abend zu seiner Gattin heimkehrte mit den Worten: »Grüß dich Gott, liebe Frau, dein Herr Landesschulinspektor kommt jetzt aus dem Amt nach Hause.« So betrachtet wäre die Formel »euer Herr Landesschulinspektor« Ausdruck

der Hingabe an das Amt, ein Beispiel von Demut und Bescheidenheit, ja von geradezu konfuzianischer Treue zum Staat. Nicht ich bin wichtig, mein Amt ist es! Das könnte die Botschaft gewesen sein.

Bescheidenheit und Demut können allerdings nicht in allen Fällen der Grund dafür sein, dass jemand von sich selbst in der dritten Person spricht, denn drei andere Männer, bei denen mir dieses seltsame Sprechverhalten aufgefallen ist, gelten nicht unbedingt als Modellfälle für Bescheidenheit: Jörg Haider, Karlheinz Grasser und Frank Stronach. Jörg Haider sagt immer wieder einmal gern einen Satz wie diesen: »Das wird sich der Jörg Haider noch sehr genau überlegen, was er da tun wird.« Und KHG sagt zum Beispiel: »Der Karlheinz Grasser, der kann auch anders, wenn er will.«

Kürzlich erschien in einigen Zeitungen eine ganzseitige Annonce von Frank Stronach, in welcher uns Herr Stronach mitteilte, dass »der Frank Stronach nur das Beste für Österreich will«. Interessant ist, dass ich dieses Sprechverhalten bei Frauen noch nicht beobachtet habe. Vermutlich müssten wir ganz tief in die männliche Seele hinuntertauchen, um zu erfahren, warum bestimmte Männer von sich selbst so gerne in der dritten Person sprechen. Aber dazu, liebe Frauen und Männer, liebe Mädel und Buben, dazu ist euer Christian Schacherreiter auch wieder nicht bereit, dass er sich auf dieses kommunikationspsychologische Glatteis begibt.

Heiteres Höchstgericht

Die Sprache des Rechts übt auf mich eine ambivalente Wirkung aus. Einerseits stehe ich oft kopfschüttelnd vor Gesetzestexten, die ohne Rücksicht auf Verständlichkeit und syntaktische Übersichtlichkeit formuliert worden sind. Andererseits fasziniert mich das Ausmaß an sprachlicher Präzision, zu dem Juristen fähig sind. Ein weiterer faszinierender Aspekt der Rechtssprache wäre mir wahrscheinlich unbekannt geblieben, hätte ich nicht aus Neugierde zum Buch »Recht lustig« (Manz/Orac) gegriffen. Rudolf Welser, Ordinarius für Bürgerliches Recht und Vorstand des Instituts für Zivilrecht an der Universität Wien, sammelte für diese Publikation Gerichtsurteile von hohem sprachlichen Unterhaltungswert. Daraus einige Kostproben:

Was ein Gegenstand ist oder was er nicht ist, das ist nicht nur eine philosophisch, sondern auch eine juristisch entscheidende Frage. Und dass sich die Frage nach dem Sein oder Nichtsein der Dinge selbst bei scheinbar einfachen Gegenständen stellen kann, zeigen folgende Zitate: »Eine Autobahnbrücke ist einer Wohnung nicht gleichzusetzen«, stellt zum Beispiel der Oberste Gerichtshof fest. Schwieriger wird es bei Dingen, die nur bedingt als Gegenstände des täglichen Gebrauchs gelten können: »Die aus einem Kofferraum eines PKW herausragende Attrappe eines menschlichen Fußes ist als nicht ordnungsgemäß verwahrte Ladung eines Fahrzeuges einzustufen.«

Es gibt noch keine ästhetische Theorie, die absolut zuverlässig geklärt hätte, was Kunst ist und was nicht.

Vielleicht sollte man beim Verwaltungsgerichtshof nachfragen, denn dort stellt man mit Sicherheit zumindest einmal Grundsätzliches fest: »Musikalische Produktionen wie ›Halli, hallo, heute san ma blederweise mit der Alten da‹ vermitteln keine ästhetischen Erlebnisse, wie sie um der Kunst willen geschaffene Werke schenken.«
Juristen müssen für herzzerreißende häusliche Szenen eine sachliche Sprache finden, die ein wenig Ordnung in die privaten Kommunikationsformen bringt: »Kaffeehäferlwerfen und in dessen Gefolge das Auftreten leichter Schwellungen im Bereich des linken Ohrs eines Ehegatten sind bei langer Dauer des Eheverhältnisses und bei realistischer und ehrlicher Betrachtung der harten Realität des ehelichen Zusammenlebens verzeihbar.« So sieht das zumindest das Bezirksgericht Tamsweg. Dass auch der Oberste Gerichtshof für heftigere Umgangsformen Verständnis hat, beweist folgendes Urteil: »Das Ausgießen eines Nachttopfes über die Nachbarin muss nicht unbedingt ein unleidliches Verhalten sein.«

Schwierig ist es für die Rechtsprechung auch, die tatsächliche Bedeutung blumiger volkstümlicher Formulierungen abzuklären. Vorsicht im Urteil zeigt der OGH, wenn er bei folgendem Urteil das Modalverb »kann« verwendet: »Der Äußerung, die Beklagte könne sich die Ware auf den Hut stecken, kann die Bedeutung eines Verzichts zukommen.« Gedankliche Höchstleistungen zeigen Juristen zweifellos dann, wenn Folgerichtigkeit gefragt ist: »Das Trinken von Wein zählt nicht zur Befriedigung lebensnotwendiger Bedürfnisse, weshalb die dabei entstandenen Verletzungen nicht unter Unfallversicherungsschutz stehen«, findet das OLG Linz. Wer könnte dieser treffsicheren Logik widersprechen!

Bitte um Unterstützung

Ich bitte heute um Unterstützung. Ich bitte um Unterstützung für einen, der klein und wehrlos ist. Nein, ich meine nicht den »kleinen Mann«. Um den nehmen sich ohnedies schon andere an, zumindest von der Plakatwand herunter. Ich bitte um Unterstützung für die korrekte Anwendung des Apostrophs. Wer das ist? Der Apostroph ist das Zeichen, das zum Beispiel Franz Grillparzer richtig verwendete, als er dichtete: »Seht nur erst ein Schlachtgefild', / Hört nur erst Trompeten klingen, / Und es soll Euch Kraft durchdringen, / Wie sie diese Adern füllt.« Dem Reim zuliebe verkürzte Grillparzer das Schlachtgefilde zum Schlachtgefild', und um die Auslassung des Endungs-e anzuzeigen, setzte er den Apostroph.

Was Grillparzer noch für seine orthografische Pflicht hielt, können wir heute vernachlässigen. Denn nach den neuen Rechtschreibregeln muss für das weggelassene Schluss-e kein Apostroph mehr eingesetzt werden, weder in Substantiven noch in anderen Wortarten. Die »Lieb« bedarf ebenso wenig des Apostrophs wie die »Freud«, und wenn wir dem oder der Liebsten schreiben wollen »Ich habe dich gerne«, dann können wir auch die saloppe Form »Ich hab dich gern« verwenden, ohne an den Apostroph zu denken.

Über diesen durchaus schmerzlosen Verlust will ich gar nicht klagen. Ich will nur vor dem Missbrauch dieses unschuldigen Zeichens warnen. Dass die Anglizismen bei uns wuchern wie das Unkraut, sieht man unter anderem auch an Genitivbildungen dieser Art: »Ingeborg Bachmann's Gedichte«, »Vater's Motorrad«. Diese Schreibung des Genitivs ist nur im Englischen üblich. Wir hingegen schreiben korrekt: »Bachmanns Gedichte«, »Vaters Motorrad«. Endet freilich ein Hauptwort auf -s, -z, -x oder -c, dann brauchen wir für den Genitiv sehr wohl den Apostroph – und zwar auf folgende Art: Grass' Romane, Marx' Wirtschaftstheorie, Ringelnatz' Gedichte und Bordeaux' Hafen.

Große Unsicherheiten dürften (nicht nur) bei Laienschreibern bestehen, wenn der Apostroph Buchstabenauslassungen im Wortinneren anzeigt. Wer den »ew'gen Bund« schließt oder nur »wen'ge Stunden« Zeit hat, der greift mit gutem Recht zum Apostroph. Wenn wir jemanden schriftlich fragen »Geht's dir gut?«, dann können wir zwar den Apostroph einsetzen, aber die Regel gestattet uns auch die Schreibweise »Gehts dir gut?«. Ob wir in solchen Fällen den Apostroph verwenden oder nicht, ist von der Lesbarkeit des Wortes abhängig, also in gewisser Hinsicht subjektiv. Ob ich mich »unterm Tisch« oder »unter'm Tisch« verkrieche, das ist laut DUDEN-Redaktion Geschmacksache.

Ein Imbissstand an der Linzer Hafenstraße nennt sich »Jürgis Jaus'n«. Dass Jürgi seinen Genitiv ohne Apostroph bildet, ist richtig. Der Apostroph in der »Jaus'n« ist allerdings auch überflüssig, da es sich bei »Jausn« ohnedies um eine umgangssprachliche Form der »Jause« handelt. Im Zweifelsfall rate ich eher dazu, auf den Apostroph zu verzichten, denn aus übertriebener Vorsicht neigen viele Schreiber dazu, ihn an falsche Stellen zu setzen. So konfrontierte mich ein Wirt kürzlich mit seinem »Hausbank'erl«. Bei aller Sympathie, aber auf so etwas setze ich mich wirklich nicht.

Du, Sie, Er und Ihr

Eine Leserin erzählte mir kürzlich von einer sprachlichen Begegnung der außergewöhnlichen Art. Sie besuchte ein Therapieinstitut im Mühlviertel und wurde dort auf folgende Weise angesprochen: »Was fehlt Ihr denn? Kann Sie sich bücken? Ja, das glaub ich, dass Ihr das wehtut.« Anstelle der erwarteten Anrede in der 3. Person Plural (»Was fehlt Ihnen denn? Können Sie sich bücken?«) wurde Frau Aichinger in der 3. Person Singular angesprochen, und sie wollte nun von mir wissen, ob diese Sprachform eine Eigenheit des Mühlviertels sei.

Ich muss gestehen, dass ich mit den linguistischen Schrullen des Mühlviertels zu wenig vertraut bin, um die Frage verbindlich beantworten zu können. Ich vermute freilich, dass es sich um eine individuelle Marotte des Therapeuten handelt. Sollte aber dieser Sprachgebrauch dort und da als regionale Besonderheit tatsächlich üblich sein, so haben wir es zweifellos mit den Resten einer Anredeform zu tun, die zwar in der Vergangenheit einmal verbreitet war, mittlerweile aber so gut wie verschwunden ist.

Theaterstücken des 18. und 19. Jahrhunderts können wir entnehmen, dass die Anrede in der 3. Person Singular insbesondere gegenüber Menschen niederen Standes üblich war. So wird zum Beispiel der einfache Soldat Woyzeck in Georg Büchners gleichnamigem Drama von seinem Hauptmann entweder mit »Er« oder mit »du« angesprochen: »Woyzeck, Er hat keine Tugend, Er ist kein tugendhafter Mensch.« Und an anderer Stelle: »Gut, Woyzeck, du bist ein guter Mensch, ein guter Mensch. Aber du denkst zu viel, das zehrt; du siehst immer so verhetzt aus.« Woyzeck hingegen spricht seinen Hauptmann mit »Sie« an: »Herr Hauptmann, die Tugend, ich hab's noch nit so aus. Sehn Sie, wir gemeine Leut, das hat keine Tugend.«

Auch der Präsident in Friedrich Schillers Tragödie »Kabale und Liebe« redet seinen Sekretär Wurm mit »Er« an: »Nein, Wurm, das macht Er mich nimmermehr glauben.« Wurm freilich bedient sich dem Präsidenten gegenüber der 3. Person Plural: »Alles, was ich wünsche, Ihr' Exzellenz, ist, dass Sie nicht nötig haben möchten, diese Bouteille zu Ihrer Zerstreuung zu trinken.«

Vom differenzierten Sprachgebrauch in der ständisch gegliederten Gesellschaft ist in der egalitären, demokratischen Gesellschaft lediglich die Unterscheidung zwischen der vertraulichen Anrede in der 2. Person (du, ihr) und der höflich-distanzierten Anrede in der 3. Person Plural übrig geblieben. In verschiedenen Dialekten ist es gebräuchlich, mehrere Personen, die man als einzelne nicht duzt, als Gruppe mit dem vertraulichen »ihr«, also in der 2. Person Plural anzusprechen. Rei-

seleiter neigen beispielsweise dazu. Aber die Anrede in der 3. Person Singular, die Frau Aichinger am eigenen Leib erleben konnte, dürfte eine Rarität sein. Was den Sprecher dazu motiviert, bleibt wohl sein Geheimnis.
So genannte flache Hierarchien im Berufsleben und ein allgemeiner Abbau der symbolischen Formen führen heute dazu, dass die Anrede mit »du« bedeutend verbreiteter ist als in früheren Jahrzehnten. Dennoch wäre die generelle Einführung des »Du« eine kulturelle Revolution, die in Österreich ebenso wenig vorstellbar ist wie die Abschaffung der Amtstitel.

Auspack und freu!

Aus dem letzten Urlaub auf den Kanaren brachten meine Söhne zwei Säckchen mit Pflanzensamen mit. Als ich die Gebrauchsanweisung zum Einpflanzen gelesen hatte, dachte ich, dass möglicherweise Folgendes passiert war: Der Inhaber der Firma, die diese »Souvenirs of Islas Canarias« verkauft, hat eine ganz liebe Nichte. Nennen wir sie Juanita. Juanita besucht eine höhere Schule auf Gran Canaria und lernt im zweiten Jahr Deutsch (Freigegenstand). Der Firmeninhaber – nennen wir ihn Señor Mendeta – sagte eines Tages zu seiner ganz lieben Nichte: »Juanita, mein gutes Kind, du kannst doch Deutsch. Sieh einmal her, wir verkaufen diese Säckchen mit den Pflanzensamen – Strelitza, Washingtonia Filifera und so weiter. Hinten drucken wir eine Gebrauchsanweisung drauf, und diese Gebrauchsanweisung sollte unter anderem auf Deutsch übersetzt werden, weil doch so viele deutsche Touristen auf den Kanaren sind und unsere Säckchen erwerben. Der spanische Text ist nicht besonders schwierig. Es sind bloß ein paar Zeilen. Kannst du ihn nicht auf Deutsch übersetzen?« Natürlich sagte Señor Mendeta das alles auf Spanisch.

Juanita freute sich darüber, dass ihr Onkel Carlos so etwas zutraute. Sie holte ihr Wörterbuch Spanisch – Deutsch und übersetzte brav und nach bestem Wissen und Gewissen die spanische Gebrauchsanweisung in das Deutsche. Und nach einer halben Stunde zeigte sie ihrem Onkel stolz das Ergebnis: »1 cm tief säen in Topf erde und Gartentopf vermischt mit scharfem Sand. Temp 18–25°. Die keimung nimmt längere Zeit in Anspruch und dauert von 3–12 Wochen. Sobald Sämlinge grob genug sind, pikieren in Torftöpfe. Warmer und heller Standort ist erforderlich. Regelmäbig begieben mit handwarmem Wasser. Achte auf gute Entwässerung. Je nachdem Pflanzen wachsen, gröbere Töpfe verwenden und der Erdmischung etwas Lehm oder Tonerde beifügen. Gröbere Pflanzen können während des Sommers im Freien stehen.« Vielleicht war nicht Juanita am Werk, sondern ein digitales Übersetzungsprogramm, das noch ausbaufähig ist. Tatsache ist, dass Gebrauchsanweisungen selten aus der Hand professioneller Übersetzer kommen dürften.

Das kurioseste Beispiel verdanke ich der Zusendung eines Lesers. Folgende Bedienungsanleitung liegt einer elektrischen Weihnachtskerze mit der poetisch-sinnlichen Modellbezeichnung »GWK 9091« bei (Made in Japan). Man bedenke, bitte, die Raffinesse einer elektrischen Weihnachtskerze an sich und genieße jedes

Wort der Gebrauchsanweisung zu diesem romantischen Zauber: »Mit sensazionell Modell GWK 9091 Sie bekomen nicht teutonische Gemutlichkeit für trautes Heim nur, auch Erfolg als moderner Mensch bei anderes Geschleckt nach Weihnachtsganz aufgegessen und länger, weil Batterie viel Zeit gut lange. Zu erreischen Gluckseligkeit unter finstrem Tann, ganz einfach Handbedienung von GWK 9091: 1. Auspack und freu. 2. Slippel A kaum abbiegen und verklappen in Gegenslippel B für Illumination von GWK 9091. 3. Mit Klamer C in Sacco oder Jacke von Lebenspartner einfräsen und lächeln für Erfolg mit GWK 9091. 4. Für eigens Weihnachtsfeierung GWK 9091 setzen auf Tisch. 5. Für kaput oder Batterie mehr zu Gemutlichkeit beschweren an: wir, Bismarckstrasse 4.« Na, wenn das nicht echter japanischer Lebensstil ist!

Die Frau, ein Wörterbuch?

Eine von der Mobilkom Austria in Auftrag gegebene Studie bestätigte mir kürzlich, was ich ohnedies vermutet hatte: Männer telefonieren zwar öfter mit dem Handy als Frauen, aber nur aus beruflichen Gründen. Wenn es um den privaten Talk geht, dann greifen Frauen bedeutend öfter zum mobilen Telefon. Ich weiß, dass männlichen Lesern jetzt ein ironisches Lächeln ins Gesicht fahren wird, nährt doch dieses Umfrageergebnis alle gängigen Klischees über die Geschwätzigkeit der Frauen. Und unsere Alltagserfahrung scheint uns obendrein Recht zu geben. Wer kennt sie denn nicht,

die legendäre Stiegenhaussituation nach dem Besuch bei Freunden. Man hat sich bereits voneinander verabschiedet, aber Gastgeberin und Besuchergattin stechen bei der Haustür noch ein neues Gesprächsthema an, während der Gastgeber schon wieder im Haus verschwunden ist und der Besucher bei laufendem Motor längst im Wagen wartet.
Gewiss, Frauen reden mehr. Allerdings nicht immer und überall. Von Kanzeln herunter, über Rednerpulte und Wählerköpfe hinweg, diesseits und jenseits des Konferenztisches und am berüchtigten Polit-Stammtisch blüht meist die Sprachgewalt der Männer auf. Die Verkaufsverhandlung und der intellektuelle Dialog sind zu modernen Varianten des klassischen Duells geworden. Da werden eben statt der Degen die Sätze gewetzt.
Wenn es aber darum geht, die Hannitant' zum Geburtstag anzurufen oder für den senilen Karlionkel einige nette Worte zu finden, wenn ein mehr oder weniger angenehmes Gespräch mit der Lehrerin des Söhnchens zu führen ist, oder wenn schlicht und einfach die Klavierstunde der Tochter abgesagt werden muss, dann überlassen wir Männer ganz gern den Frauen alle Telefone dieser Welt. Und auch dann, wenn wir gefordert sind, unsere zwischenmenschlichen Beziehungen ins Reine zu bringen, über unsere Gefühle vernünftige Aussagen zu machen oder die Gefühle der Partnerin verständnisvoll zu kommentieren, dann stellt sich rhetorische Bescheidenheit ein.
Und auch der ganz normale Smalltalk, in dem es um nichts anderes geht als um das ganz normale Alltägliche, wird in unserer Nützlichkeitsgesellschaft allzu einseitig

als »sinnlos« abgewertet. Das belanglose Gespräch mit dem Nachbarn über das Wachstum der Sträucher, meinetwegen sogar Klatsch und Tratsch über die tatsächlichen oder angeblichen Ehegeisterbahnen der Kollegen und Bekannten, ja sogar die berüchtigte Besprechung der Witterungsverhältnisse, das alles stellt immerhin Kontakt zwischen Menschen her.
Frauen haben an den privaten Gesprächsflächen mehr Anteil als Männer. Sie übernehmen in dieser Hinsicht oft Aufgaben, zu denen wir Männer keine Lust haben oder von denen wir überfordert sind. Diese kommunikative Minderleistung steht uns auch zu, denn dafür leisten wir in anderen Bereichen mehr, zum Beispiel bei der Mammutjagd.

»Fitness« statt »Bildung«

Der bekannte austroamerikanische Bildungsphilosoph Arnold Schwarzenegger wurde nach seiner Wahl zum kalifornischen Landeshauptmann von einem österreichischen Journalisten gefragt, welche Botschaft er, der große Sohn des Landes, der Jugend mitgeben wolle. Arnie, niemals verlegen um eine glasklare Antwort, sagte der Jugend, sie solle Sport betreiben und lernen, wörtlich: »den Körper trainieren und den Geist«. Nun finde ich diese schlichte Aussage des Herrn Gouverneurs inhaltlich durchaus respektabel, denn sie unterscheidet sich wohltuend von den verlogenen Verlockungen, die der Jugend vormachen, ihr Leben bestünde aus heiterem Konsum und »fun«, während in Wahrheit die

sozialen Netze weitmaschiger geflochten und die Anforderungen in der Arbeitswelt erhöht werden.
Um den Inhalt geht es aber hier gar nicht. Vielmehr möchte ich die Aufmerksamkeit meiner Leserschaft auf Arnies Sprachgebrauch lenken: »den Körper trainieren und den Geist«. Der kalifornische Gouverneur ist derzeit wahrlich nicht der Einzige, der seine Aussagen über Bildung in ein Vokabular gießt, das aus der Welt des Sports kommt. Nicht nur vom »Training des Geists« ist die Rede, sondern wir hören auch immer wieder, dass Schülerinnen und Schüler »fit« gemacht werden müssen für das 21. Jahrhundert.
Die große Aufmerksamkeit, die der Körper in säkularen Wohlstandsgesellschaften genießt, legt sich nach und nach über viele Bereiche der Gesellschaft, auch über den der Bildung. In einem Kloster, dem Lernort des Mittelalters, wäre es undenkbar gewesen, dass der lehrende Mönch zu seinen Schülern gesagt hätte: »Jungs, ich mache euch jetzt bibelfit!« Und auch die Humanisten wären nie auf die Idee gekommen, von »geistiger Fitness« zu reden statt von »Bildung«.
Wilhelm von Humboldt hätte es wahrscheinlich auch abgelehnt, als »Trainer« tätig zu sein, während die heutige Lehrergeneration dazu aufgefordert wird, für ihre Schülerinnen und Schüler die Rolle eines »coachs« zu übernehmen. Der »coach« hat seine Schützlinge gut auf den Wettkampf vorzubereiten. Der Sprachgebrauch zeigt auf, welche Bedeutung dem Phänomen Bildung heute in erster Linie zugesprochen wird. Sie soll die Jugend auf die wirtschaftlichen Wettkämpfe vorbereiten, die ihnen eine zur Gänze dem Markt anvertraute Ge-

sellschaft zumuten wird. Und so wie im Sport »Limits« gelten, unter denen die Teilnahme am Kampf unmöglich ist, so spricht die Zukunftskommission des Bildungsministeriums jetzt von »Standards«, die Schülerinnen und Schüler erreichen müssen.
Der zeitgeistige Bildungsdiskurs bezieht sein schnittiges angloamerikanisches Vokabular vorrangig aus der Welt der sportlichen und ökonomischen Wettkämpfe, während die humanistische Bildungstradition des alten Europas nach und nach versinkt und zur Geschichte wird. Nicht fit genug, good old Humboldt!

Rhetorik des Herzens

Ich habe es befürchtet. Kaum stehen Wahlen vor der Haustür der Nation, bricht die politische Rhetorik der erwärmten Herzen gnadenlos über uns herein. Man sollte prüfen lassen, wie oft Kandidaten in ihren politischen Feiertagsreden auf ihre Mitmenschlichkeit, ihre einfühlende Volksnähe und ihre Herzenswärme hinweisen. Im Ringen um die Hofburg machte Benita Ferrero-Waldner den Anfang. Ihre Aussage, sie werde in der Hofburg mit Herz regieren, kommentierte ein respektloser ORF-Journalist im Morgenjournal mit der Feststellung, dies sei aus rein medizinischen Gründen sinnvoll.
Das deutsche Wort »Herz« (althochdeutsch »herza«, mittelhochdeutsch »herze«) geht auf das alte indogermanische Wort »kerd« zurück und findet sich mit variierendem Lautstand in vielen europäischen Sprachen. Ab wann die Menschen das Organ »Herz« zum Sitz der

Gefühle erklärten, ist schwer zu sagen. Jedenfalls findet man schon in sehr alten schriftlichen Quellen das Wort »Herz« auch in der Bedeutungsvariante »Gefühl«. Und so entstand im Laufe der Jahrhunderte eine Fülle von Wörtern und Phrasen, die emotionale Zustände und Qualitäten semantisch an das Herz binden:
Wir sprachen und sprechen von der Herzenslust und vom Herzeleid. Metaphorisch geben wir für ein Ideal das letzte Herzblut, und unseren Liebsten oder unsere Liebste nennen wir in Österreich und Bayern auch unser Herzbinkerl. Ein Herzensbrecher erobert zwar oft ein Herz im Sturm, garantiert aber noch lange keinen Herzensbund. Wenn wir etwas zur Herzenssache erklären, steigern wir durch diese Bezeichnung dessen Wert. Wir sagen, dass jemand das Herz auf dem rechten Fleck hat, wenn wir seine charakterliche Einstellung loben wollen, und wir freuen uns, wenn uns jemand aus dem Herzen spricht. Herz zu zeigen bedeutet auch couragiert und mutig zu sein. Und wenn wir etwas nicht über das Herz bringen, dann liegt es daran, dass unser Herz weich geworden ist.
Man sieht also, dass sich das Herz nicht nur aus Gründen der Gesundheit höchster Wertschätzung und großer sprachlicher Verbreitung erfreut. Und so verwundert es nicht, dass der Kampf um die Wähler auch ein Kampf um ihre Herzen ist. Das gute rationale Argument ist meist weniger wirksam als die ergreifende Phrase, die uns zu Herzen geht. Ob freilich ein Mensch Herz hat oder nicht, das sollten in erster Linie die Mitmenschen beurteilen. Wer sich selbst in die erste Reihe stellt und vollmundig darauf hinweist, wie viel Herz er oder sie

habe, wirkt peinlich. Zu leicht ist diese plakative Botschaft als rhetorische Strategie erkennbar.
Der oben zitierte ORF-Journalist fragte Wolfgang Schüssel, was er denn unter »regieren mit Herz« verstehe. Schüssel sagte: als ganze Person in der Hofburg sein, mit Herz, Hirn und Hand. Zweifellos ist dieser organische Zusammenhalt empfehlenswert. Wie gesagt, schon aus medizinischen Gründen.

Reinkommen oder rein kommen?

Die Linzer Rundschau vom 18. Jänner 2004 berichtete über einen beamteten Hilfsarchivar, der in seiner Freizeit zwei Privatunternehmen betreibt. Eine Aussage des umtriebigen Mannes zu seiner Doppelrolle zitierte die Rundschau exakt so: »Wenn ich rein komme, bin ich Beamter – wenn ich rausgehe (nämlich aus dem Amt, Anm.), Unternehmer.«
»Reinkommen und »rausgehen« sind umgangssprachliche Wortbildungen, abgeleitet von den standardsprachlichen Verben »hereinkommen« und »hinausgehen«. Bei beiden Wörtern handelt es sich um Zusammensetzungen aus einem Partikel (herein, heraus) und einem Vollverb (kommen, gehen). Solche Zusammensetzungen werden laut Rechtschreibregel zusammengeschrieben.
Es bleibt ein wenig rätselhaft, warum sich die Rundschau dafür entscheidet, das Verb »reinkommen« getrennt zu schreiben, zumal sich ja durch die Getrenntschreibung die Bedeutung verändert – und zwar

in ziemlich fataler Weise. Das Wort »rein« ist bei getrennter Schreibweise nicht die umgangssprachliche Form des Partikels »herein«, sondern das Adjektiv »rein«. Für das Adjektiv »rein« führt der Duden vier Bedeutungsvarianten an: »unvermischt« (reiner Wein), »frei von Verunreinigung« (reines Wasser), »makellos, sauber, frei von Flecken« (reine Wäsche) – oder auch: »ausschließlich, bloß« (reiner Schwachsinn!).

Noch abgründiger wird die Sache im Falle des Verbs »kommen«. Der DUDEN führt für das Verb »kommen« nicht weniger als 22 Bedeutungsvarianten an. Die Skala reicht von »anlangen, eintreffen« bis »aufwachen« (das Baby kommt jede Nacht zweimal). Die Bedeutungsvariante Nr. 17 für das Verb »kommen« lautet »einen Orgasmus haben«, und exakt diese Bedeutung könnte man im vorliegenden Fall anwenden. Der Satz »Wenn ich rein komme, bin ich Beamter« bedeutet dann: »Wenn ich ausschließlich einen Orgasmus habe, bin ich Beamter« oder – was etwas mehr Sinn ergibt: »Wenn ich fleckenfrei einen Orgasmus habe, bin ich Beamter.«

Eine dritte Bedeutungsvariante eröffnet sich dadurch, dass das Wort »rein« auch metaphorisch gebraucht wird, um den Zustand sittlicher Unschuld zu bezeichnen (reinen Herzens sein): »Wenn ich reinen Herzens einen Orgasmus habe, bin ich Beamter.« Mit diesem Satz betreten wir das Gelände der kirchlichen Sittenlehre, die ja Sexualität eng an moralische Normen bindet. Dass »Kommen mit reinem Herzen« die Voraussetzung für die Beamtenlaufbahn ist, das war aber meines Wissens nach nicht einmal im christlichen Ständestaat üblich.

Sie Trottel, du!

Mein Gott, das waren noch Zeiten! Die Burschen trugen ihre Haare lang, die Mädchen ihre Röcke kurz, alle zusammen sangen »Give peace a chance!«, und IKEA – getragen von der kollektiven Welle der Verbrüderung und Verschwesterung – führte das flächendeckende »Du« ein. Wenn man darauf vertrauen darf, dass das Firmenleitbild mit der Arbeitsrealität übereinstimmt, dann reden sich alle IKEA-Mitarbeiter mit »Du« an, und zwar kreuz und quer durch die Firmenhierarchie. Die Idee, das Du-Wort auch auf die Kundschaft auszudehnen und auf diese Weise in die Sprachgeschichte einzugehen, wurde allerdings nie so recht angenommen. Denn Herr und Frau Österreicher sehen offensichtlich keinen zwingenden Grund, mit jemandem per Du zu sein, bloß weil man ihm das Regal Billy oder den Sessel Vilma abgekauft hat.

Heute scheint es so, als würde die ehemals »fortschrittliche« IKEA-Anrede zum historischen Phänomen werden. Denn der neueste Trend – das ergab kürzlich eine Untersuchung – geht in den Firmen wieder Richtung »Sie«. Das ist erstaunlich, denn es war ja nicht nur die Friedensgeneration der Achtundsechziger, die sich vom allgemeinen »Du« eine bessere Welt erwartete. Auch die jungen Wirtschaftskrieger der New Economy bauen auf flache Hierarchien, auf Deregulierung von Formen und folglich auf das allgemeine »Du« – freilich nicht zugunsten des Weltfriedens, sondern zugunsten ihrer Aktienkurse.

Die Deregulierung ist ein eigen Ding. Anfangs sind immer alle davon begeistert, weil die angeblich hinderlichen Schranken und »verkrusteten« Normen verschwinden, weil endlich Spontaneität und Freiheit einkehren, wo bislang Regeln regierten. Aber die Freiheit zeigt uns bald ihren Januskopf, denn sie kann ja auch darin bestehen, dass der Starke so frei ist, den Schwächeren in Grund und Boden zu schlagen. Auch das Faustrecht ist eine Folge der Freiheit.
Was für die Wirtschaft und die Gesellschaft gilt, gilt auch für die Sprache. Das allgemeine »Du« kann Ausdruck einer entspannten, angstfreien Lebensform und einer vertraulichen zwischenmenschlichen Beziehung sein. Es kann, aber es muss nicht. Gerade diejenigen Lehrer der Achtundsechziger-Generation, die mit ihren Schülern das »Du« auf Gegenseitigkeit einführten, mussten oft die Erfahrung machen, dass sich anstelle der erwarteten Beziehungsveredelung Rüpelei und Anmaßung einstellten. Die alte Volksweisheit, dass man eher »Du Trottel« als »Sie Trottel« sagt, ist kein konservatives Vorurteil, sondern eine Erfahrung.
Vielleicht ist der Trend zum »Sie« in den Firmen eine Folge dieser Erfahrung. Denn ebenso wenig wie das »Du« immer zu mehr Menschenfreundlichkeit führt, ebenso wenig ist das »Sie« immer ein Ausdruck von emotionaler Kälte. Denn manchmal ist es eben sehr einfühlsam, den Wunsch eines Mitmenschen auf höfliche Distanz zu respektieren.

Setzen Journalisten Satzbaunormen?

Von Zeit zu Zeit drängt sich dem sprachlich interessierten Menschen die Frage auf: Wie halten wir es mit sprachlichen Normen? Wer stellt sie auf? Für wen gelten sie in welchem Ausmaß?

Nur ein Teil des Sprachgebrauchs ist klaren Normen unterworfen. In erster Linie ist die Rechtschreibung zu erwähnen. Der Staat lässt es sich nicht nehmen, zumindest für die Behörden und die Schulen verbindliche Rechtschreibregeln zu erlassen. Ob das wirklich wichtig ist, bleibe dahingestellt. Wir sind mittlerweile daran gewöhnt und können uns den orthografischen Wildwuchs kaum vorstellen. Aber bis zum Jahr 1901 kam der deutschsprachige Raum ohne gemeinsame Normen aus.

Auch Teile der Satzbaulehre sind durch Normen geregelt. Die Wortstellung im Hauptsatz »Ich schenke dir meine Füllfeder« ist zwar veränderbar, aber nicht beliebig. Ich kann zwar »Meine Füllfeder schenke ich dir« sagen, ohne dadurch eine grammatikalische Norm zu verletzen, aber die Formulierung »Füllfeder meine ich dir schenke« ist falsch.

Die Stellung der Satzteile ist in der deutschen Sprache flexibel – und das ist gut so. Denn dadurch entsteht eine stilistisch lebendige, abwechslungsreiche Syntax. Vor allem können wir aber durch Umstellungen gewisse Redeabsichten angemessen verwirklichen. Zum Beispiel ermöglicht uns die Umstellung von Satzteilen Hervorhebungen. Der vorwurfsvolle Aussagesatz »Ich habe seit drei Jahren nichts mehr von dir gehört« bekommt einen drastischeren Charakter, wenn ich die Zeitangabe an die Spitze stelle: »Seit drei Jahren habe ich nichts mehr von dir gehört.« Oder so: »Seit drei Jahren habe ich nichts mehr gehört – von dir!«

Ein Problem in der Grauzone der Syntaxnormen sind die grammatikalisch unvollständigen (= elliptischen) Sätze. Streng schulmeisterlich betrachtet ist der grammatikalisch unvollständige Satz meist falsch. Im täglichen Sprachgebrauch – zum Beispiel in journalistischen Kommentaren – ist er aber mittlerweile gang und gäbe geworden. Dazu ein Beispiel: »Manche Gemeinden fordern, dass sich die erbberechtigten Angehörigen an den Heimkosten für die pflegebedürftigen Alten beteiligen. Eine Forderung, die in anderen Ländern üblich ist. Eine Diskussion, die bei uns überfällig ist.«

Lässt nun ein Deutschlehrer seine Schüler einen Kommentar schreiben, so ist es sinnvoll, Grammatik und Stil am realen journalistischen Sprachgebrauch zu orientieren und nicht an einer abstrakten Norm, die ausschließlich im Klassenzimmer gilt. Für mein journalistisches Stilideal macht man freilich in Tageszeitungen vom elliptischen Satz allzu exzessiv Gebrauch. Soll also doch die Schule Stilideale vorgeben, um auf diese Weise die Schreibwirklichkeit zu beeinflussen? Und wer bestimmt die für Schulen gültigen Normen? Zugegeben, ich würde es in Augenblicken des Größenwahnsinns gerne tun, aber glücklicherweise lässt man mich nicht.

Papierdeutsch

Was kann das Papier dafür? Ausgerechnet das Papier, dieses nützliche Material, ohne das wir uns die Zivilisation kaum mehr vorstellen können. Wir behandeln es recht unfreundlich, wenn wir es für den Begriff »Papierdeutsch« missbrauchen. Der Begriff »Papierdeutsch« bezeichnet nämlich einen unattraktiven Schreibstil. Wer »papieren« schreibt, produziert einen steifen und trockenen Stil, für den auch der Begriff »Amtssprache« verwendet wird. Ob wir dadurch wieder einmal die Beamtenschaft abwerten, bleibe dahingestellt. Tatsache ist, dass die Sprache amtlicher Schriftstücke »papieren« wirkt. Wie kommt solch ein Stil zu Stande?

Ein auffälliges Merkmal ist die Anhäufung von Substantiva und vor allem von substantivischen Fügungen, z. B. so: »Ob eine Entscheidung rechtmäßig ist, weil sie das Interesse eines massenhaft durch Formularverträge Kontrahierenden an der Umsetzung von Rationalisierungsmaßnahmen fördert, hängt von den für die Bewertung dieses Interesses maßgeblichen Wertmaßstäben ab.« Dieses Satzgefüge aus einem juristischen Fachartikel beinhaltet nicht weniger als neun Substantiva, denen nur zwei Verben (fördern, abhängen) und ein Hilfsverb (ist) gegenüberstehen.

Die Anhäufung von Hauptwörtern, die durch Anhängen der Nachsilbe -ung gebildet werden (Umsetzung, Entscheidung, Bewertung), wirkt steif, insbesondere bei Komposita (Wortzusammensetzungen). Wortgebilde wie »Indienststellung« oder »Außerachtlassung« entfalten eine Aura der Mühsal. Schwerfällig wirkt oft auch das so genannte »Funktionsverbgefüge«. Wir verstehen darunter Formen wie »in Erfahrung bringen« (statt »erfahren«), »unter Beweis stellen« (statt »beweisen«). Im Sinne eines ansprechenden Stils sollten wir immer überlegen, ob nicht das einfache Verb das Funktionsverbgefüge ersetzen könnte.

Ein papierener Stil entsteht durch aufgeblasene Attribute (z. B. »die am Niederlassungsort des Verwenders geltende Rechtsordnung«), und auch dann, wenn wir zu oft die Passivform verwenden, obwohl die Aktivform möglich wäre. In juristischen und wissenschaftlichen Texten ist das Passiv oft unvermeidbar. Aber in journalistischen Texten sollte damit sparsam umgegangen werden – stopp! Den letzten Satz kann ich eleganter bauen, indem ich auf das Passiv verzichte und schreibe: Aber Journalisten sollten damit sparsam umgehen.

Ein besonders schönes Beispiel für Amts- oder Papierdeutsch gibt uns Heimito von Doderer in seinem Roman »Die Strudlhofstiege«. Amtsrat Julius Zihal sagt bei einer Verlobungsfeier Folgendes über das Glück: »Glücklich ist (...) derjenige, dessen Bemessung der eigenen Ansprüche hinter einem diesfalls herabgelangten höheren Entscheid so weit zurückbleibt, daß dann naturgemäß ein erheblicher Übergenuss eintritt.« Das hat freilich schon wieder Charme!

Innen oder nicht Innen?

Die Sprache ist immer und überall die Sprache der Gesellschaft, in der sie gebraucht wird. Daher gibt es auch keine objektiv richtige oder objektiv falsche Sprache. Richtig oder falsch ist die Sprache immer nur in Relation zu den Normen, die in einem bestimmten Kulturraum gebräuchlich werden. Die heftige öffentliche Diskussion, die in den letzten Wochen über die Verwendung weiblicher Endungen geführt wurde, sollten wir vorrangig unter diesem Aspekt betrachten.

Tatsache ist, dass unsere Sprache Merkmale einer patriarchalischen Gesellschaft trägt, weil unsere Gesellschaft über Jahrtausende hin vaterrechtlich organisiert war. Da in vielen Berufen (fast) nur Männer tätig waren, genügte es eben, von Lehrern, Ärzten, Politikern und Tischlermeistern zu reden. Als nach und nach auch Frauen diese Berufe ergreifen konnten, wurde der Sprachgebrauch nicht verändert, sondern es wurde üblich, die männliche Form auch dann anzuwenden, wenn Männer und Frauen gemeint waren, z. B. so: »Fragen Sie Ihren Arzt oder Apotheker«. Niemand denkt ernsthaft daran, dass die männliche Form in dieser Formel nur Männer bezeichnet.

Dennoch waren emanzipationsbewusste Frauen mit dieser Sprachregelung irgendwann nicht mehr einverstanden und forderten geschlechtsneutrale Formulierungen. Die Folge davon sind – unter anderem – jene Hinweisschilder mit der Aufschrift »RadfahrerInnen«, die nun in Linz das eine oder andere Gemüt erregen. Eine andere Folge der feministischen Sprachkritik ist folgender Satz in den Bewerbungsunterlagen der Stadt Linz zur Kulturhauptstadt 2009: »Der/die künstlerische/r Geschäftsführer/in (Intendant/in) ist Sprecher/in der Geschäftsführung.«

Dieser Satz bestätigt mich in meiner Sichtweise, die ich in dieser Kolumne nicht zum ersten Mal äußere. Ich halte das Anliegen, »geschlechtergerechte« Formulierungen zu verwenden, für legitim. Ich bin aber davon überzeugt, dass die konsequente Handhabung so gut wie unmöglich ist. Es ist ja angesichts der sprachlichen Verrenkungen, die hier notwendig werden, kein Wunder, dass ein Fehler passiert: Statt »künstlerische/r« muss es heißen »künstlerische«, weil der männliche Artikel »der« in diesem Fall keine Endung »-er« verlangt. Zu lösen wäre das Problem nur, wenn wir 1. neue Endungen einführten, die sowohl Männer als auch Frauen bezeichnen, und 2. einen geschlechtsneutralen Artikel im Singular erfänden. Ich versuche es einmal mit der Endung »-i« und dem neuen Artikel »dis«: »Dis künstlerischi Geschäftsführeri (Intendanti) ist Sprecheri der Geschäftsführung.«. Das neue grammatikalische System sähe also folgendermaßen aus: 4 Artikel im Singular (der, die, das, dis) und neben der männlichen und weiblichen Singularendung eine geschlechtsneutrale Endung, die Männer und Frauen bezeichnet (der Sprecher, die Sprecherin, dis Sprecheri). – So, jetzt wird es aber sicher ganz zornige LeserInnen-Briefe geben!

Nationalsprache Österreichisch?

Österreichische Schriftstellerinnen und Schriftsteller haben – vermutlich animiert durch die unsägliche Debatte über die deutsche Rechtschreibung – einen Nebenschauplatz des innerdeutschen Sprachkampfs eröffnet. Marlene Streeruwitz, Robert Schindel u. a. fordern, dass nicht mehr Deutsch, sondern Österreichisch offizielle Nationalsprache sein soll. Unterstützt werden sie dabei vom Grazer Germanisten Rudolf Muhr. Zumindest ihm müsste bewusst sein, dass diese Forderung, sprachhistorisch betrachtet, nicht gut abgesichert ist. In der praktischen Umsetzung würde sie sogar auf große Probleme stoßen:

Erstens: Wir können nicht ignorieren, dass das Österreichische nichts anderes ist als eine regionale Sprachvariante des Deutschen (so wie das Schwäbische oder das Sächsische). Zweitens: Der Großteil des österreichischen Sprachraums ist zwar bajuwarischer Herkunft, aber in Wien wird ein anderes »Österreichisch« gesprochen als in Innsbruck, in Innsbruck ein anderes als in Rohrbach. Die alemannischen Vorarlberger werden sich mit der ostösterreichischen »Maschekseite« (aus dem Ungarischen) nicht identifizieren, während den Burgenländern das Verb »giggeln« (für »kichern«, alemannisch) fremd bleiben dürfte.

Selbst unser so kämpferisch geschütztes »Schlagobers« ist keine gesamtösterreichische Sache. Die südlichen und westlichen Bundesländer sprechen eher von Rahm als von Obers. Und die zweifellos originellen Anleihen, die wir bei slawischen Sprachen oder beim Jiddischen gemacht haben, werden vorwiegend in den geografischen Räumen gepflegt, in denen sie entstanden sind. Das Hausruckviertel hat eben eine andere gemeinsame Geschichte mit der Slowakei als Wien.

Vor allem müssen wir aber bedenken, dass eine eigenständige Nationalsprache nicht nur ihr eigenes Vokabular vorweisen müsste, sondern auch eine eigenständige Grammatik. Wollen wir uns wirklich Gedanken machen über eine spezifisch österreichische Zeitenfolge, Flexion oder Syntax? Damit würde ein Weg eingeschlagen, der den Betreibern der Initiative »Österreichische Nationalsprache« sicher nicht vorschwebt: der Weg in den Provinzialismus. Dass sich die deutschsprachigen Länder auf eine einigermaßen einheitliche Schreibweise und Grammatik einigen, ist ja nicht nur in unserem Interesse, sondern auch im Interesse unserer ausländischen Freunde, die die deutsche Schriftsprache erlernen.

Es ist zweifellos sinnvoll, zur Erhaltung eines gewissen regionalen Wortbestandes das »Österreichische Wörterbuch« (dzt. in 39. Aufl.) herauszugeben und dessen Anerkennung durch die EU zu fordern. Auch dem Anliegen, unsere Nationalsprache als »österreichisches Deutsch« zu bezeichnen, kann ich noch folgen. Damit ist es aber genug. Lassen wir die Kirche im Dorf – und Österreich im deutschen Sprachraum. Dort gehören sie hin!

Vöder und Moahm

Die 7. Strophe von Franz Stelzhamers »Hoamátgsang« lautet folgendermaßen: »Und i und dö Bachquell / Sán Vöder und Moahm: / Treibt's mi wodáwö umá / Mein Herz is dáhoam.« Der Vergleich in den ersten beiden Zeilen bleibt für viele junge Menschen unverständlich, und zwar nicht nur wegen des Dialekts. Was ein »Vöder« und was eine »Moahm« ist, wird für sie meist

auch dann nicht klar, wenn wir die standardsprachlichen Ausdrücke verwenden: Vetter und Muhme.
»Vetter« geht auf das althochdeutsche Wort fetiro zurück, mit dem im frühen Mittelalter der Bruder des Vaters benannt worden ist. In unterschiedlichen Regionen und zu unterschiedlichen Zeiten wurde das Wort Vetter (mhd. veter) auch zur Benennung anderer männlicher Verwandter verwendet. Vorherrschend wurde die Gewohnheit, Verwandte derselben Generation als »Vettern« zu bezeichnen. Daher gilt heute das Wort Vetter meist als Synonym für Cousin.
In Franz Stelzhamers »Hoamátgsang« ist der »Vöder« gewiss der Onkel, denn ihm entspricht auf der weiblichen Seite die »Muhme« (Tante). Ursprünglich wurde allerdings nur die Schwester der Mutter »Muhme« genannt, so wie der Vetter nur der Bruder des Vaters war. Heute gilt »Muhme« im deutschsprachigen Raum als veralteter Ausdruck.
Meine Mutter (geb. 1925 im Bezirk Rohrbach) erinnert sich daran, dass es in ihrer Kindheit zu einer differenzierten Sprachregelung kam. Die Schwester ihrer Mutter, die auf dem Land lebte, war die Pauli-Moahm, während die Schwestern, die in Städte gezogen waren, als »Tanten« bezeichnet wurden, die Marietant und die Loisitant. Aber damit noch nicht genug der Unterschiede. Die Marietant hatte in Linz einen Beamten geheiratet, den Onkel Adolf. Die Pauli-Moahm hingegen hatte ihre Unschuld einem Kickinger hingegeben. Der Kickinger war aber nicht der Onkel Matthias, sondern blieb zeit seines Lebens der Hiasl-Vöder.
Einen weiteren Entwicklungsschritt setzte die Loisitant.

Sie, die auf den christlichen Namen Aloysia getauft worden war, war aufgrund besonderer Umstände in das Wiener Bürgertum gelangt und verfügte, dass sie als »Tante Luise« anzusprechen sei. So kann ich am Beispiel meiner mittlerweile verblichenen Großtanten ein soziolinguistisches Exempel geben: Pauli-Moahm und Hiasl-Vöda (oberes Mühlviertel), Marietant und Onkel Adolf (Linz), Tante Luise (Wien).
Übrigens weist uns das Grimm'sche Wörterbuch darauf hin, dass das Wort Muhme auch noch andere Bedeutungen angenommen hat. Man sprach zum Beispiel von einer Viehmuhme (Magd). Quellen aus dem 16. und 17. Jh. zeigen, dass »Muhme« damals auch als Synonym für »leichtes Mädchen« eingesetzt wurde. Das »Muhmenhaus« wurde zur Tarnbezeichnung für das Bordell. Ich darf aber darauf hinweisen, dass meine Pauli-Moahm den Namen »Muhme« nicht deswegen führte, weil sie Mitarbeiterin eines Muhmenhauses gewesen wäre.

Chatiquette für Anfänger

Im Jahr 1988 verspürte ein finnischer Student namens Jarkko Oikarinen das Bedürfnis, mit mehreren Menschen an anderen Orten gleichzeitig zu kommunizieren. Was vor 50 Jahren noch Gegenstand von Sciencefiction-Literatur gewesen wäre, machte das Internet möglich. Gemeinsam mit zwei Freunden entwickelte Oikarinen einen virtuellen »Raum«, in dem Kommunikationspartner miteinander reden können, über das Medium digitalisierter Schriftzeichen.

Chatrooms sind virtuelle Konversationszimmer. Sie erfreuen sich weltweiter Beliebtheit. Man plaudert auf diese Weise mit weit entfernten Freunden und Bekannten oder – was noch beliebter und spannender ist – mit Unbekannten. Da jeder Teilnehmer anonym bleiben kann, sind dem Spiel mit der eigenen Identität keine Schranken gesetzt. Eine vierzehnjährige Schülerin kann sich als pensionierter Finanzbeamter ausgeben, ein verklemmter Mittvierziger kann sich als blutjunge Weibsperson mit enormer erotischer Energie tarnen.

Dass die Freiheit, die ein Chatroom bietet, zu allerlei bizarren Phänomenen führen kann, liegt auf der Hand. Und bizarr ist bisweilen auch die Sprache, die im virtuellen Raum gesprochen wird. Natürlich ist diese Kommunikationsform an keinerlei Regeln gebunden. Korrekte Grammatik ist ebenso vernachlässigbar wie die korrekte Rechtschreibung. Generelle Kleinschreibung, unvollständige Sätze, fett gesetzte und mit zehn Ausrufzeichen versehene Ausrufe, Wortkreationen und Wortverstümmelungen gehören zur Normalität des Chats. Beliebt ist zum Beispiel der Einsatz des nicht flektierten Verbs, das wir aus Comics kennen (stöhn! seufz! schwitz! gurgel! usw.).

Wo der Wildwuchs die Norm geworden ist, wuchert bekanntlich der Wille zur Norm ziemlich wild. Dort und da werden daher Benimm-Regeln für Chatrooms aufgestellt. Auf einer von der Universität Hannover betreuten Homepage »Mediensprache« findet man eine Art Knigge für Chatrooms, von den Verfassern »Chatiquette« genannt. Die Verfasser geben – unter anderem – folgende Hinweise:

»Denke beim Chatten daran, dass am anderen Ende der Leitung auch immer ein Mensch und keine Maschine sitzt. Behandle ihn daher so, wie du auch behandelt werden möchtest.« Oder: »Als Neuling eines Chats ist es ratsam, zunächst einmal eine Weile zuzusehen, worüber man sich unterhält. Wenn einem das Thema des Kanals nicht gefällt, wechselt man diesen, anstatt ärgerlich zu werden und sich dementsprechend zu äußern.« Oder: »Falls du in einem Chat-Kanal nicht sofort von anderen angesprochen wirst, gib keine schmollenden Beiträge von dir, sondern versuche dich positiv und interessant in den Chat mit einzubringen.«
Na, bitte! Angesichts solch untadeliger Anstandsregeln würden auch die Gouvernanten in den bürgerlichen Konversationszimmern den sprichwörtlichen Hut bzw. das gestickte Häubchen ziehen.

Sprachverfall?

Die Klagen über den Verfall der Sprache sind so alt wie die Klagen über den Verfall der Sitten. Man konnte sie schon im klassischen Griechenland hören und lesen. Das heißt, nach einer sittlichen und sprachlichen Talfahrt von etwa 2500 Jahren müssten wir mittlerweile ganz unten angelangt sein, das heißt, die Sittenlosigkeit müsste zur Norm geworden sein und das ehemals schöne Sprechen müsste längst einem menschlichen Grunzen und Kläffen gewichen sein.
Mehr als 2000 Web-Eintragungen findet man, wenn man das Stichwort »Sprachverfall« auf die Suche

schickt. Viele Beiträge folgen einem bekannten Schema: Früher war alles besser, jetzt sind wir in der Krise, und was morgen ist, daran dürfen wir nicht einmal denken, wenn wir nicht verzweifeln wollen. Viele dieser Klagen beruhen nicht auf haltbaren Fakten, denn die allgemeine Behauptung, dass unser sprachliches Niveau deutlich gesunken sei, ist höchstens in Teilbereichen empirisch nachweisbar. Dazu einige Überlegungen:

1. Heftige Kritik erfährt die Häufung englischen Vokabulars in der deutschen Sprache. Gewiss ist die englische Sprachmode – von der »Primetime« des ORF bis zu »Leadership academy« des österreichischen (!) Unterrichtsministeriums – ebenso läppisch wie ärgerlich. Aber daran wird die deutsche Sprache nicht zugrunde gehen. Wenn man bedenkt, wie viele französische Vokabeln im 18. und 19. Jh. deutsche Wörterbücher kolonialisiert haben und mittlerweile wieder verschwunden sind, braucht man sich um das Deutsche keine Sorgen machen.

2. Ich wage zu behaupten, dass die Jugendlichen in der mündlichen Kommunikation wendiger sind als frühere Generationen. Möglich ist allerdings, dass sie schlechtere Schreiber sind, ganz einfach deshalb, weil sie weniger Übung haben. In meiner Schulzeit war es üblich, dass wir in allen Unterrichtsfächern mitgeschrieben haben, Seite um Seite. Das mag etwas mühsam und einförmig gewesen sein, lehrreich war es allemal.

3. Die irrationalste Form der Sprachkritik ist zweifellos die Ansicht, die Rechtschreibreform führe den Sprachverfall herbei. Wer meint, dass die Abkehr von der bisher üblichen Schreibnorm einen Niveauverlust darstel-

le, möge einmal ein Originalmanuskript von Goethe zur Hand nehmen. Da findet man mehr Abweichungen von der heute geltenden Norm als Entsprechungen, vom »Gräsgen« über den »Zukker« bis zum »weis Brod«.
4. Auch die Änderung grammatikalischer Normen muss nicht unbedingt als Verfall gewertet werden. Zum Beispiel wird es heute üblich, mit der Konjunktion »weil« kausale Hauptsätze einzuleiten. »Ich gehe spazieren, weil das Wetter ist schön.« Korrekt müssten wir hier das Satzgefüge »Ich gehe spazieren, weil das Wetter schön ist« bilden. Aber diese Norm ist ebenso willkürlich wie jene Norm, die uns erlaubt, mit der Konjunktion »denn« einen kausalen Hauptsatz einzuleiten. »Ich gehe spazieren, denn das Wetter ist schön.«

Rag Style

Das waren noch Zeiten, als die »Liedermacher« (mein Gott, was für ein ehrlicher Begriff!) gegen den Konsum ansangen und die junge Deutschlehrergeneration die Werbesprache kapitalismuskritisch analysierte. Die siebziger Jahre sind Geschichte. Der Kapitalismus hat allen Anfechtungen standgehalten, und Werbung analysieren wir heute, um ihre ästhetische Professionalität zu zeigen. Jugendszene und Markt haben sich längst versöhnt.
Ich halte das Werbeheft der Bekleidungskette »Rag« in Händen. Es nennt sich »Ragazine« und ist ein gelungenes Beispiel für jene zeitgeistige Werbesprache, die der Synthese aus Markenkult, Markt und jugendlicher

Selbstinszenierung optimal gerecht wird. Für T-Shirts und Jackets der Marke »Burton« wird beispielsweise so geworben: »Jake Burton – dieser Name steht symbolisch für die Entwicklung der Snowboardszene wie kein anderer. 1977 gründete Jake in Vermont, USA, in seiner Garage Burton Boards. Der Rest ist Geschichte – Burton arbeitete zuerst hart daran, Snowboarden zu einer anerkannten Sportart zu machen, der Geschäftserfolg war zweitrangig. Mit der technischen Weiterentwicklung seiner Boards und der Expansion nach Europa und Japan gelang Jake dann auch der enorme wirtschaftliche Durchbruch, der Burton bis heute zum tonangebenden Marktführer der Szene macht.«

Interessant ist, dass die Qualität der Produkte hier mit keiner Silbe direkt angesprochen wird. Der Name Burton, die Unternehmerpersönlichkeit symbolisiert die Qualität der Ware. Wobei Burton im Sinn des (amerikanischen) Gründerzeit-Geistes mythisiert wird: Der willensstarke Mann hat in seiner Garage eine Idee, an die er glaubt, kämpft für deren Verwirklichung und wird zum »tonangebenden Marktführer«.

Natürlich baut eine Firma, die sich vorwiegend an jugendliche Konsumenten wendet, heute auf das Englische: »enjoy shopping with rag style« und »Just the Best fort the West« lesen wir da. Es gibt »3 stores to serve your needs«, und dort findet man »all the latest styles«. Die Werbetexter bedienen sich teilweise eines Vokabulars, das in den Jugendszenen (Pop-Musik, Fun-Sportarten) verwendet wird, die offensichtlich einen Großteil des Zielpublikums stellen. Die Snowboard-Szene wurde schon erwähnt, dazu kommen vorwiegend

die Surf-, die Hip-Hop- und Skateboard-Szene. Auf sie sind die »Labels« (Marken) zuschnitten.
Die Hosen, Jacken und Shirts sind »kultig«, »phat« (entspricht semantisch dem deutschen Szene-Adjektiv »geil«), »stylish«, »fresh« oder »clean«. Tröstlich für einen alten Humanisten wie mich ist, dass auch in der allerjüngsten Werbesprache die nur scheinbar toten europäischen Kultursprachen überlebt haben. Denn die »Labels« im »Ragazine« sind nicht nur »cool«, sondern auch »authentisch« (altgriech.), »individuell« (lat.) und »kreativ« (lat.). Vielleicht gehöre ich auch zum Zielpublikum von »Rag«, ohne es zu ahnen.

Zur Etymologie des »Wapplers«

Ein Gespräch in der »OÖN«-Redaktion über beleidigende Formulierungen führte uns (aus gegebenem Anlass) zur Frage, woher denn das Wort »Wappler« kommt und was es genau bedeutet. Dass es keine Auszeichnung ist, als Wappler bezeichnet zu werden, das wissen wir ja, aber was wir uns unter einem Wappler konkret vorstellen sollen, das ist umstritten.
Der erste Blick in gängige deutsche Lexika erweist sich als wenig hilfreich. Dort gibt es ihn ganz einfach nicht, den »Wappler«. Erst im Grimm'schen Wörterbuch werden wir fündig. »Wappler« ist laut Grimm ein in der Mainzer Gegend gebräuchliches Wort für eine mittelalterliche Kampfkeule. Nun ja, wir sind offensichtlich auf der falschen Fährte. Gleich nach dem »Wappler« findet man bei Grimm den »Wappling« oder »Wäppling«.

Wenn wir aber in einer hessischen Quelle aus dem 15. Jh. lesen, dass Herr Johann von Thernbach ein »wepeling« war, dann dürfen wir den ehrenwerten Herrn Johann nicht für einen »Wappler« im heute geläufigen Sinn halten, denn der »wepeling« ist ein Edelknecht, also ein adeliger Mann ohne eigenes Land, aber immerhin in respektabler beruflicher Stellung.

Was uns dem »Wappler« im heute geläufigen Sinn des Wortes näher bringt, ist das Verbum »wappeln«, das bei Grimm als Nebenform zu »wabbeln« angeführt wird. Es geht auf das mittelalterliche »wabelen« oder »wabern« zurück und bedeutet ursprünglich »in geschäftiger Bewegung sein« (Lexers Mittelhochdeutsches Wörterbuch). Bei Grimm wird »wabbeln« in folgenden Bedeutungsvarianten angeführt: »unsicher und schwankend gehen«, »sich zitternd bewegen« (also puddingähnlich). Auch die Bewegungsweise von Körperteilen, die »vor Fett herabhängen«, wird als »wabbeln« bezeichnet.

Nun sind wir also auf der richtigen Fährte. Unser Wort »Wappler« dürfte von »wabbeln« ableitbar sein. Es handelt sich allerdings um eine metaphorische Begriffsbildung. Nicht eine körperlich, sondern eine geistig wabbelige Bewegungsweise ist das Merkmal des Wapplers. Mit ähnlicher Bedeutung findet man das Wort »Wappler« sowohl im Österreichischen Wörterbuch als auch im DUDEN-Wörterbuch »Wie sagt man in Österreich?«, das mein Linzer Kollege Jakob Ebner erarbeitet hat und das in keinem österreichischen Haushalt fehlen sollte. Laut Ebner ist der spezifisch österreichische »Wappler« ein »untüchtiger, tollpatschiger, zugleich aber durchtriebener Mensch«. Sollte es sich also beim »Wappler« um eine spezifische Form des »Homo austriacus« handeln? Sind wir ein Land der Wappler und Wapplerinnen? Das wohl kaum, aber in anderen deutschsprachigen Regionen hat man für dieses allzu menschliche Phänomen ein anderes Vokabular entwickelt. In der Stuttgarter Gegend beispielsweise entspricht unserem »Wappler« der »Halbdackel«.